「あぁ……あの……
な……ななな名前……は……」
俺の目の前にいたもの。
それは、びしょびしょに濡れた制服を着た、
身長は百八十センチをゆうに超えているであろう
女子だった。
JN034875
紙山さんの紙袋の中には
1
Author
江ノ島アビス
Illustration
neropaso

新井陽向
あらい ひなた
人当たりが良い
清楚系美少女。
『制服』について語るときだけ
様子がおかしい。

天野春雨
あまの はるさめ
魔法少女のパネルと
常に話している
ツンデレ美少女。
勝気だが寂しがりや。
紙山さみだれ
かみやま さみだれ
常に紙袋を被っている
グラマラス美少女(?)。
人見知りを治して
友達が欲しい。

新井
『会話部』
夏合宿開始!

紙山さんの紙袋の中には 1

江ノ島アビス

HJ文庫
885

口絵・本文イラスト　neropaso

kamiyama san no
Kamibukuro no
naka niha

mokuji 1

■ 俺は今日の出来事を思い出す

ぽかぽかとした日差しが心地よい春の午後。

ついさっき高校の入学式を終えたばかりの俺は、真新しいブレザー姿のままで公園のベンチに腰掛け、缶ジュースを飲んでいた。誰もいない静かな公園には満開の桜。まだ新しい滑り台が春の優しい日差しを受け輝いている。俺の頬を暖かい春風が撫で、ひらひらと舞う桜の花びらが目に美しい。

どこからどう見ても平和な春の午後だった。そう……俺たちを除いては。

ふと隣に視線をやると、そこには、俺と同じ真新しいブレザーの制服を着た女子高生が座っている。

――傍から見たら、俺たち……恋人同士にでも見えるのだろうか？

こんな疑問が俺の脳裏に浮かんだ。だが、そんなことは断じて無い。絶対に無いと言い切れる。誰がどう見ても恋人同士の甘いひと時には見えないだろう。そんな甘酸っぱい疑問を挟む余地など、俺たちにはないのだ。

それなら、俺たちは他人の目からどう見えるのか。

答えはこうだ。

カップルには見えない。変質者の集会には見える。

それはなぜか。

俺は、隣に座っている女子高生をまじまじと眺（なが）めた。

女子高生は、俺と同じ高校のまだ新しい制服を着ている。グレーのブレザーに白くラインの入ったスカートと、中には白いワイシャツ。学校指定の黒いローファーに、くるぶしまでの白い靴下（くつした）。

ここまではいい。

彼女（かのじょ）は頭から茶色い無地の紙袋（かみぶくろ）をすっぽりと被（かぶ）り、紙袋の正面には手で千切ったような穴が二つ横並びで開けられている。どうやら、その穴から視界を確保しているらしい。

茶色い紙袋を被った女子高生は、細い体つきではあるが身長は一八〇センチをゆうに超（こ）え、隣同士で座っているというのに俺とは頭一つ分くらいの身長差がある。そして、まるで制服の中にメロンでも隠（かく）し持（も）っているのかと思うほど大きな胸が二つ、体の前についている。

更（さら）には、こんなに天気も良いというのに全身から水が滴（したた）り落（お）ちるほどびしょ濡（ぬ）れである。

ブレザーも、その下に着ている白いワイシャツも。スカートや、靴に靴下までもがびしょびしょに濡れている。

なぜ彼女は紙袋を被っているのか。それは俺が聞きたい。

なぜ彼女は全身びしょ濡れなのか。それも俺が聞きたい。

彼女の体は頭の先からつま先まで全身びっしょりと濡れ、制服の上着やスカートの裾からはぽたぽたと水滴が滴り落ちている。もちろん紙袋も濡れていて、ところどころ水が染み込み茶色が濃くなっている。

だが、彼女にはそれを気にする様子は一切ない。

そして、俺の方はというと。彼女ほどではないが全身うっすらと湿っていて靴を履いていない。靴下のままで公園のベンチに腰掛けているのである。更には疲れ切っていて目が死んでいる。

あぁ、何でこんなことになっちゃったんだっけ……。

彼女を見ながらそんなことを考えていると、ふいに彼女は俺の視線に気が付いたらしく、まるで『私の顔に何かついていますか？』とでも言いたげに小首を……もとい、紙袋をかしげた。

紙袋に開けられた二つの穴から、黒い大きな瞳が俺をとらえる。

俺はなんて答えれば良いのか分からず、彼女の視線から逃れるように紙袋から顔を逸らすと、今日の出来事を思い出していた。

紙山さんと入学初日

■ 小湊波人（こみなとなみと）は紙山（かみやま）さんに出会う

この時期になると思い出す歌がある。

友達が百人できるかな、などという壮大（そうだい）な歌詞の歌だ。面倒（めんどう）くさがりの俺には、友達なんて百人もいたら多過ぎる。半分の五十人でも多いくらいだ。十人……いや、本当の友達なんて、せいぜい一人か二人。三人もいたら十分だ。でも、一人もできなかったらそれはそれで悲しい。

だからまず、高校に入ったら友達を作ろう。それに……女の子の友達なんかもできたら嬉（うれ）しい。

俺の名前は小湊波人。この春中学を卒業し、今日、晴れて高校に入学したばかりの高校一年生だ。ついさっき、俺と同じような新入生に囲まれながら入学式を終えた俺は、自分のクラスである一年一組にいる。

知らない人ばかりの教室で、俺は窓際（まどぎわ）の自分の席に座ったまま期待と不安を胸いっぱいに抱えていた。開け放たれた窓から入って来た風に教室カーテンがふわりと舞い、俺の頬を撫でていく。

今は初めてのホームルームまでの休み時間。教室には、俺と同じ真新しい制服を着た男女があふれていた。

俺は、自分の席に座ったままクラスを見渡す。

ほとんどの生徒は俺と同じように自分の席に着き、居心地が悪そうに周囲を見回していた。隣の席の生徒に話し掛けている人もいるが、聞こえてくる会話はぎこちない。全員知らない者同士なのだから当たり前だ。

友達百人とは言わない。だけど、まずは友達を作らなきゃな。

仲良くなれる人はいるのだろうか。俺も他の人を見習って、隣の席の生徒にでも適当に話し掛けたらいいのだろうか。

いや、待て。

もし隣がおかしな奴だったら、そいつと友達になったせいでこれから始まる俺の高校生活が真っ暗になってしまう可能性だってある。厨二病の真っ盛りで、自分のことを魔王と言い張り、俺に向かって、今日からお前を魔王の手下第一号にしてやろう！　などと言い出したら、俺はこの先ずっと魔王の手下として高校生活を送らなければいけないかもしれない。

そんなことは避けたい。俺は普通の高校生活を送りたいのだ。

その為には今、何をするべきか。

きっとこの後ホームルームが始まれば、自己紹介をする流れになるはず。そこで、クラスメイトの自己紹介を一通り聞けば、趣味が合いそうな人や友達になれそうな人も見つかるだろう。逆に、避けるべき相手がこのクラスにいるのなら、それもまた分かるかもしれない。だからここはひとつ、教師が入ってくるまで待っていればいい。

俺がそんなことを考えながら自分の席でじっとしていると、春の日差しが差し込む教室に若い女の担任が入ってきて簡単な自己紹介をした。担任は自分の自己紹介を終えると、出席を取っていく。そして、出席を取り終えると、一人ずつ自己紹介をするように促した。

出席番号一番がその場でさっと立ち上がると名前と出身中学を言った後で、中学までは野球部でした。高校でも野球部に入る予定なので野球部志望の人は友達になってください、と言って締めくくった。

クラスから簡単な拍手がおこる。

無難だ。実に無難で普通の自己紹介だった。

——と、同時に俺は気が付いた。自分の自己紹介では何を話せばいいのだろう……と。

すっかりクラスメイトの自己紹介を聞く気分でいたけど、俺も今から自己紹介をしなければいけない生徒の一人なのだ。

名前と出身中学は言うとして、俺は部活に入るつもりはないからさっきの生徒みたいに部活ネタは使えない。とすると、俺は何を話せばいいのだ。おかしなやつと思われないために、何か無難で良いネタはないだろうか。

俺は窓の外に視線をやり、満開の桜を眺めながら自分の自己紹介の内容を必死に考えた。だが――ダメだった。全然何も思い浮かばない。

そうこうしているうちに自己紹介の順番は次々に回り、ついには俺の前の席まで来てしまった。前の席の女子が立ち上がる。

やばい、俺はまだ自分が何を言うか全然考えられていない。他の人がどんな自己紹介をしていたかも、自分の自己紹介の内容を考えるのに必死で聞き逃してしまっていた。

こうなったら、この女子の自己紹介を真似して同じようにやろう。どうか、俺が真似できそうな自己紹介をやってくれ、頼む！

俺が祈るように目を閉じて耳に全神経を集中させていると、クラス中が注目する中、前の席の女子の自己紹介が始まった……のだが。

「あ……あの……あの……」

どうやら様子がおかしい。注目されて緊張でもしているのだろうか。

それに、クラス中が何故か騒然としだした。

担任が彼女の緊張を和らげようと優しく促す。

「えーと、あなたは紙山さみだれさん……でいいのよね？　落ち着いて、ゆっくりでいいから自己紹介してみましょうか」

「あ……あ……あの……な……な……ななな名前……は……」

どうやら相当緊張しているようだ。

俺は前の席の女子がどんな人なのか気になって目を開けた。

その瞬間、俺の頬にぴちゃりと水滴が当たる。

いくら窓際の席とはいえ、教室内に吹き込むほどの強い雨など今日は降っていないはず。

それならば、俺の頬に当たったものはいったい何なのだろうか。

その疑問はすぐに解消された。

俺の目の前にいたもの。それは、びしょびしょに濡れた制服を着た、身長は一八〇センチをゆうに超えているであろう女子だった。びしょびしょに濡れた彼女の制服から飛び散った水が、俺の顔にかかったのだ。

身長は一般的な女子よりも頭一つ分も二つ分も高く、胸もでかい。バカでかい。服の中にメロンでも隠し持っているのかと思うほどだ。

体形は太っているわけではなく、どちらかと言えば細い体つきなのだが、胸と、そしてお尻(しり)がこれでもかというほど大きかった。

グラビアアイドルの身長と胸とお尻だけを無理矢理(むりやり)拡大コピーしたような体の女子が、俺の目の前で、俺に大きなお尻を向け自己紹介をしている。

彼女のスカートの裾から滴った水滴が一粒(つぶ)、教室の床(ゆか)に落ちる。

「あの……か……かかかかかみ……や……ま……」

色々な部分が大きい女子は必死に口を開こうとするが、なかなか声にならない様子だ。

制服から滴る水は、彼女が必死さを増すにつれ滴り落ちる速度を速めていく。木で出来た教室の床が彼女の足元だけびっしょりと濡れ、そこだけ色が濃くなっている。ついさっき制服を着たままシャワーを浴びてきましたと言われても信じてしまいそうなほど体中から水が滴っているのだが……これはもしかして……汗(あせ)……なのか？

異常な様相の女子高生に騒然とするクラス。だが、クラス中が騒然とするのは他にも理由があった。

全身から異常なほどに汗を滴らせている彼女だが、もっと異常なのはその頭部だ。

彼女は、頭からすっぽりと茶色の紙袋を被っている。顔の正面、ちょうど目にあたる部分には千切り取られたような穴が二つ開けられていた。

紙袋と首の隙間から、肩口くらいまで伸びたセミロングの髪がはみ出し、黒くしっとりとした髪の先からぽたぽたと汗が滴り落ちては足元の床の色をどんどん濃くしている。

「あああ……あの……えっ……と……」

紙山さんという名前らしき女子は尚もしどろもどろである。担任が再度ゆっくりと、今度は幼児をあやすかのように諭す。

「紙山さん、お名前は言えるかな？　それと、その紙袋……外した方がいいわよ……？」

その言葉を聞いた紙山さんは、全身をピキンと硬直させたかと思うと、裏返ったり表に戻ったりする抑揚のおかしな声で叫んだ。

「ごごゴゴごごっ！　ごめんなさい……。でも……は……は……恥ずかシイので、紙袋ハ取れまセん！」

クラス中に沈黙が訪れた。

どうやらみんな瞬時に、あぁこれは触っちゃいけない人だな……と判断したらしい。

うん、俺もそう思う。

顔を隠すために帽子やサングラスを身に着ける人はいるが、紙袋を被ってまで隠そうとする奴は初めて見た。担任は固まったままである。

皆(みんな)の前で立たされたせいなのか、それとも慣れない自己紹介のせいなのか、紙山さんのスカートの裾から滴り落ちる汗の粒が大きくなってきた。それに伴(ともな)い彼女の足元の床の色もどんどん濃くなり、今や俺の足元の方まで濃い茶色に染まりつつある。

早くどうにかしないと、紙山さんの汗で溺(おぼ)れ死(し)んでしまうかもしれない。溺れ死ぬとは大げさだが、席が近いからという理由で俺がこの汗の掃除(そうじ)を手伝わされるかもしれない。

大事な入学初日から、そんな目立つことは避けたい。

俺は静まり返った教室でさっと立ち上がると担任に言った。

「あのー……先生、紙山さん困ってるみたいだし、次、いいですか？　いいですよね。えっと、俺は小湊波人と言います、出身中学は――」

俺は名前と出身中学だけを早口で告げると、さっと座った。

きっと俺の自己紹介など誰も聞いちゃいなかっただろう。話すネタが無かったから丁度良かったかもしれない。

俺の自己紹介を受け、若い女の担任は我に返った。

「あ？　え？　あ……小湊くんね、どうもありがとう。そ、それじゃあ次の人」

担任に促されて、俺の次の生徒が自己紹介を始めた。

やっと自分の順番が終わったことを認識(にんしき)したのか、立ったまま固まっていた紙山さんもようやく座った。椅子に尻がついた瞬間、微かにベチャリと音がする。

どれだけ汗をかいたのだろうか……。

俺が再度窓の外を眺めようと外に視線をやりかけると、紙山さんが突然振り返って俺の方へ顔を……というか紙袋を向ける。

お互い座ったままだが、それでも俺が見上げるほどデカい。超デカい。紙袋も入れたら二メートル近くあるんじゃなかろうか。

紙袋に開けられた二つの穴から、ぱっちりとした大きな瞳が俺を捉える。

「あああああああの……」

あの……の後に何やら言っていたが聞き取れなかった。

「ん？　何だって？」

「あの……さささっきはありがとうござゴザございマスました……助かりました……」

紙山さんは裏がえったり表に戻ったりする声で礼を言うと、突然長い腕を伸ばして俺の手をぎゅっと握り、またそそくさと前を向いた。

やばい女子と知り合いになってしまったかも知れない……。

俺は汗がべっちょりと付いた手を呆然と見つめながら、今後の高校生活について思いを馳せた。

■紙山さんは話し掛けられる

やっと全員の自己紹介が終わり、次のホームルームのまでの休み時間。クラスメイトたちはなんのかんのと忙しく、新しいクラスに馴染む為、そこかしこで小規模なグループを作り会話にいそしんでいる。

一方俺はというと、先ほどの紙山さんの一件でどっと疲れてしまい、自分の席で一人、用事もないのにスマホをいじっていた。

クラス中からこちらへちらちらと視線を感じるが、それはきっと、俺の前に座る女子へのものだろう。視線の先の張本人である紙山さんは、座ったままの姿勢から微動だにしない。

よく見ると、紙袋も汗で湿っていてところどころ茶色が濃くなっている。

そんな紙山さんに、声を掛ける女子がいた。

「紙山さん、ちょっといいかな」

俺は紙山さんに声を掛けた女子の方を見る。

紙山さんの隣に立ち満面の笑顔で話し掛けているのは、ストレートの黒髪にはっきりとした目鼻立ちの正統派な美少女だった。身長は周りの女子たちと比較して高くも低くもなく平均的。新しい制服を校則通りにきちんと着こなし、程よい大きさの胸が体の前についている。

美人ではあるが美人特有の冷たさは一切なく、優しげでにこにことした笑顔が印象的な女子だった。気が付くと周りから頼みごとをされていそうな、いかにも委員長とかに選ばれてしまいそうなタイプに見えた。

紙山さんはその女子の方へと顔を……正確には紙袋を向ける。委員長(仮)は、紙山さんの汗にも、頭の紙袋にも動じずにこにこと優しく微笑んだまま言う。

「紙山さみだれさん……でいいのよね？　私は新井陽向。よかったらあっちでみんなとお話ししない？」

新井が指差した方には数人の女子が集まっていてこちらを見ている。

新井はその見た目通り、真面目でいい人なのだろう。面倒見の良さからか、はたまた何の根拠もない責任感からか、クラスの輪に溶け込めなさそうな紙山さんに声を掛けたのだろう。

俺は、紙山さんがどう対応するかが気になり、片手でスマホを持ち、もう片方の手を机

の前の方にだらんと出したまま視線だけで紙山さんを追った。

紙山さんは自分の席に座ったまま紙袋を新井の方へと向けると、紙袋の中から震えた声を出した。

「あ……あ……あの……お話し……ですか？　私……お話しにがニガにが苦手で……」

「大丈夫だよ紙山さん。私だってお話しとか得意じゃないけどみんなでお話しすれば楽しいよ？　せっかく同じクラスになったんだし、みんなでお話ししよ？　ね？」

「でっ……ででででも……あの……」

すらりと長い両手を身体の前でぶんぶん振りながら断る紙山さんと、それに負けず笑顔で勧誘を続ける新井。

頭から紙袋を被り、全身しっとりと濡れ、さっきのホームルームではクラス中の注目を一手に集めた紙山さんは、今こうして俺が見ている間にもどんどん頭の紙袋の色が濃くなっていく。顔の汗が紙袋へと染み込んでいるのだ。

周囲の床にはいく粒もの水滴が落ちている。

いくら新井が真面目で面倒見がいいとしても、この紙山さんを輪に引き入れるのは骨が折れそうだ。

それに――

俺は、さっき新井が指差した女子のグループの方をちらりと見た。

そこには、何とも言えない表情をした女子たちが数名、こちらの動向を窺っている姿があった。みんな揃いも揃ってひきつった笑顔……というか、内側に抱えた不安をなんとか押し殺そうとしているような、笑顔なんだか不安そうな顔なんだかよく分からない顔でこちらを見ている。

俺……女子のこんな複雑な表情初めて見た。

お誘いはほどほどにしてあいつらの下に帰った方がいいんじゃないかな。

そんなことを思いながら、目の前で繰り広げられている紙山さんと新井の会話に聞き耳を立てる。二人の結末がどうなるか気になったのだ。

「お話し出来なくっても大丈夫だよ」

「でも……ほんとに私……お話しとか苦手で……」

「いいのいいの、行こ？　ね？　あ……紙山さん。制服のリボンほどけてるよ、直してあげる」

俺が紙山さんの首元に目をやると、確かにリボンがだらんと垂れ下がっていた。

さっき両手をぶんぶん振ったときにほどけてしまったのだろう。リボンの先からはぽたぽたと汗が滴っていた。

新井はそう言うと紙山さんの襟元へ手を伸ばして濡れたリボンを手に取り、にこにことした明るい笑顔のままませっせとリボンを結んであげている。

スマホをいじる振りをしつつ、片手を机の前の方にだらんと出したまま二人のやり取りをぼんやりと眺めていた俺は、この後の新井の言葉に耳を疑った。

新井は紙山さんに向かって口を開くと、ひと息にこう言ったのだ。

「いい？　紙山さん。制服っていうのはね、こうしてちゃんと着ないとダメだよ？　私たちは高校生としてこれから三年間この制服にお世話になるわけでしょ？　高校生なら高校生らしく、きちんと制服を着ないといけないよね。だって、高校生なんだから。それに、そうじゃないと制服にも失礼よね。そうそう、制服にはちゃんと毎日ご飯はあげてる？　それに朝晩最低二回は散歩に行かないといけないし……。あ、私のこの制服なんだけど――」

ちょっと待て何だ今の。

制服にご飯？　散歩？　この委員長然とした女子は一体何の話をしているんだ。

俺が驚いてはっと顔を新井の方へと向けると、今まで紙山さんと向かい合っていた新井の顔が突然こちらを向き、俺とばっちり目が合ってしまった。

「なあに？　えっと……小湊くん……だったよね。どうかした？」

突然話し掛けられてしまった俺は、しどろもどろになりながら答える。

「あ……いや、えっと……いま、変なこと話してたような気がしてさ。制服にご飯とか……あはは、俺の気のせいだよな」

俺がそう言うと、新井はあっけらかんと言った。

「あ、気のせいじゃないよ、小湊くん。小湊くんの制服はどんなご飯が好きなの？　そうだ、小湊くんもよかったらあっちでみんなと一緒に制服のお話しない？」

なかなかのハードさだった。

「あー……えっと……俺の制服、多分だけどご飯食わないタイプのやつだから……」

俺がなんとかそう返すと、困惑した俺の言葉を聞いた新井は何かに気が付いたような顔をした後、少し照れたような表情になりながら口を開いた。

「あ、違うの。制服にご飯ってそういう意味じゃなくって。ほつれたときにどの素材の糸で補修するかとか、そういう話なの。紛らわしい言い方でごめんね」

そう言って自分の頭をコツンと叩く真似をする新井。

なんだ、そういうことか。俺はほっとして新井に返す。

「あぁ、よかった。なんかご飯とか散歩とか変なこと言ってたからさ。そ、そうだよな。制服が散歩とかおかしいよな、あはは」

「散歩はするわよ？」

「え？」

「え？」

俺たちの間におかしな沈黙が訪れる。

目の前にはにこにことした笑顔をこちらに向けている新井。

俺たちの会話を聞き動揺（どうよう）する紙山さん。

遠くの方ではこちらの動向を更に不安そうな顔で窺っている女子たち。

今度は今度でどういう意味なのだろう……。

俺が口をパクパクさせて言葉を探していると、新井が沈黙を破った。

「そうだ、みんなで制服の散歩の話でもしましょうよ。小湊くんも、紙山さんも。ほら、あっちでみんな待ってるよ？」

少なくとも、彼女たちは制服の散歩についての話は待っていないと思うのだが……。

新井はそう言うが早いか紙山さんの手をひくと、促すように席から立たせようとした。

急に手を掴（つか）まれたことに驚いたのか、紙山さんはその場でビクンと勢いよく立ち上がる。

勢いよく立ち上がり過ぎたのか、反動で椅子がこちらに倒（たお）れてくる。机の向こうにだらんと出していた俺の手に、紙山さんの倒した椅子が当たった。

「痛てて……」

それほど痛かった訳ではないがつい声が出てしまう。俺の声が届いたのか、紙山さんは物凄い勢いでグルンと振り返ると、紙袋の内側から、裏返ったり表に戻ったり高くなったり低くなったりする抑揚のおかしな声を出した。

「ごごごごごっ……！　ごめんなさい！」

俺に向かい何度も頭を下げる。

紙袋を入れると身長二メートル近くありそうな紙山さんがびゅんびゅんと猛スピードで腰を折り、その強烈な風圧が俺の前髪を揺らす。

俺の頬に、紙袋の裾から飛んだ汗がぴちゃりと付いた。

俺は慌てて答える。

「ああいや、そんなに大した事な」

そんなに大した事ないよ。俺がそう言い終わらないうちに、紙山さんはまた、紙袋の内側から大きな声を発した。

「今すぐ保健室に行かかかかかかないと！」

紙山さんはそう叫ぶと、長い腕を伸ばして俺の襟首を掴む。あまりのスピードに俺は抵抗する間もなくひょいっと持ち上げられてしまった。一瞬にして紙山さんの肩に担がれる俺。もちろん、紙山さんの肩は汗でびしょびしょに濡れていた。

さっきまで賑やかだったクラスが一気に静まり、クラス中の視線が俺と紙山さんに集中する。紙山さんはそんなことなどお構い無しに、俺を肩に担いだまま教室のドアを蹴破り廊下に飛び出した。

俺は慌てて叫ぶ。

「ちょっと待って紙山さん！　あの、俺の手なら大丈夫だから！」

俺は紙山さんの汗でびしょびしょに濡れた肩に必死に捕まりながら叫んだが、紙山さんの耳には届かなかったようだ。

一八〇センチをゆうに超える紙袋を被った女子に担がれたまま、今日入学したばかりの高校の廊下を猛スピードで移動する俺。

びしょびしょの肩に捕まりながら、俺は振り落とされないようにするのに必死だった。

後ろの方からは新井の、『また今度制服の散歩の話しようねー！』という声が聞こえてきたのだが、俺の気のせいであってほしかった。

■紙山(かみやま)さんは全力疾走(しっそう)する

俺を抱えて廊下を全力疾走する汗でびっしょりの紙袋を被った女子高生、紙山さみだれさん。

「喋(しゃべ)ると危ないですから……！　少し黙(だま)っていてください！」

「ちょっと紙山さん！」

彼女の通った跡(あと)は、まるで巨大(きょだい)な水棲(すいせい)生物が移動した後のようにじとっと湿っている。

河童(かっぱ)かな？　と俺は思った。

いや、そんなことを考えている場合ではない。

俺は、俺を担いで走っている紙山さんに声を掛けた。

「紙山さんってば！　あの……手、ホントに大丈夫だから！」

「でも……でも、しっかりと……治療(ちりょう)しないとですデスです……から！」

紙山さんの紙袋はすでにぐっしょりと湿っている。紙山さんが喋るたびに口のあたりの紙袋が口に張り付き、相当喋りにくそうである。こんな紙袋など取ればいいのに。

「あのー……紙山さん？　その紙袋取れば？　話しにくいんじゃない？」

「……！」

紙山さんはビクンと体をこわばらせると、大声で叫んだ。

「これは取れません！　恥ずかしいんです！」

紙袋を被っている方が恥ずかしいと思うのは俺の気のせいだろうか。

紙山さんはより一層スピードを上げる。すれ違う生徒が皆一様にぽかんと口を開けてこちらを見ているのは、ある意味壮観である。

保健室に着くまでの我慢か……。

俺は振り落とされないよう、必死に紙山さん肩や腕にしがみついたが、紙山さんの体は汗で湿っていてとても掴みにくかった。

しばらくして。

「紙山さん……紙山さんってば」

「………」

いくら話し掛けても返事が無くなった。

紙山さんはしきりに周囲を見渡しては、はぁはぁと肩で息をしながら紙袋を左右に振っている。その肩の上にいる俺も、紙山さんの荒い呼吸に合わせて上下に揺れる。これはいったい何のアトラクションなのだろう。

気が付けば、俺たちは体育館の裏に来ていた。保健室を探して校舎中を引きずり回された挙句、いつの間にかこんなところまで来てしまっていたらしい。

「……迷ってしまいました……」

紙山さんがぽつりと呟いた。

俺は困っている紙山さんを、なるべく刺激しないように出来るだけ落ち着いた声を作る。

「あ……あのさ。俺、もう手は痛くないみたいだから下ろしてくれないかな。本当にもう大丈夫だから」

「わ……分かりました」

紙山さんはそう言うと、肩に担いだ俺をひょいと地面に下ろした。

地面に下ろされた俺は、目の前の紙山さんを見上げる。改めて目の前で見ると、デカい。

俺はそれほど身長が高い方ではないが、頭一つ分くらいは違うんじゃないかな。

体形はむしろ細い方だろう。ウエストや足首は細く、代わりにメロンのような胸が体の前に二つくっついている。

紙山さんの制服からは大量の汗が滴り落ち、やっぱりさっきの教室の時と同じように、足元の地面の色を濃く染め上げていた。

俺も、さっきまで紙山さんに抱えられていたおかげで制服の大部分がじっとりと濡れている。

俺はじっとりと湿った制服のまま、おろおろしている紙山さんに話し掛けた。

「あのさ、紙山さん。教室帰ろうか。いつまでもここにいても仕方ないし」

「……」

紙山さんは、言葉は発さず、代わりにもじもじとしながらコクリと紙袋を縦に振った。

既に紙袋は汗でぐっしょりになり、紙で出来た覆面のようになっていた。更に、紙袋はところどころ紙山さんの汗で溶け始めていて、顔の輪郭に沿って張り付いている部分もあり、このままの姿でホラー映画に出られそうである。

しかし、紙袋がこんなに顔に張り付いていて呼吸は出来るのだろうか。

俺がそんなことを考えていると、紙山さんが小刻みに震えだした。口のあたりを押さえ、なにやら苦しそうにしている。

やっぱり呼吸出来ていないんじゃないか？

俺が、紙山さんの紙袋を取ってあげようと手を伸ばすと、紙山さんは突然俺に背中を向けた。そして、汗で湿りドロドロになった紙袋を突然両手で破り取った。

しっとりと濡れた黒髪があらわになる。汗でびっしょり濡れた黒髪に春の日差しにキラキラと反射する。

呆然と見ている俺の前で、紙山さんはスカートのポケットからビニール袋を引っ張り出し、物凄いスピードで中から綺麗に折りたたまれた新しい茶色の紙袋を取り出した。そして、茶色い無地の紙袋を流れるような動作で広げ頭に被ると、手慣れた手つきで紙袋の一部を丸く千切り、目の部分に二つの穴を開けた。

「……ふー……死ぬところでした……」

新しい紙袋を頭に被り、安堵する紙山さん。

俺は、新しい紙袋を装着して安心している紙山さんに質問する。

「紙山さん……紙袋、いつも予備持ち歩いてるの……？」

「……はい……私、緊張するとすぐに汗をかいちゃうので……すぐ、こうしてダメになっちゃうんです……」

恥ずかしそうにもじもじと答える紙山さん。俺は、恥ずかしそうに体をくねらせる紙山さんにもう一つ質問をする。

「それ、被らなきゃダメなの？」

「はい、被らなきゃダメなんです！」

紙山さんは、今度はきっぱりと答えた。あまりの堂々とした返事に、俺はそれ以上何も言えなくなった。

俺たちの間を、春の生暖かい風が通り過ぎて行った。

■紙山さんは呼吸ができない

静かな教室内にガラガラと扉が開く音が響き、ホームルーム中のクラス全員の視線が教室の入口に集まった。

そこにはびしょ濡れになった俺と、俺よりももっとびしょ濡れの、滝にでも打たれてきたのかな？　と思ってしまうほど汗をかいた紙山さんがいる。

俺は、呆気にとられた顔をしている担任に事情を説明した。

「すみません、ちょっと保健室に連れてって貰っていて。場所が分からなくって遅れてしまいました」

紙山さんも俺に合わせ何かを言わなきゃいけないと思ったらしく、俺の後ろから声がする。

「すすススみまままません！　保健保健室にですデスですでした！」

沈黙。クラスのみんなも、担任ですらも何も言わずただ黙って俺たちの方を向いている。

しーん、という音って初めて聞いたかも知れないな、と思いながら自分の席に向かう。

歩き出した俺を見て、先生は何も見なかったかのようにホームルームを再開した。紙山さんだけでなく、俺も含めて厄介な生徒と認定されてしまったのだろうか。

入学初日からとんだ災難に巻き込まれたものだ。

紙山さんも右手と右足を同時に出す歩き方で俺の前の席に座る。もちろん、歩いた後には汗の跡。

教壇では担任が学校の説明をしている。ふと俺の前に視線をやると、一緒に戻ってきた紙山さんが小刻みに震えだした。よく見ると、頭に被った紙袋がまたびしょびしょに濡れている。さっき予備に交換したはずなのにどうして。

俺はその理由を推測したが、考えるまでもなく答えはすぐに分かった。

おそらく、さっきクラス中の視線が集まったことで緊張してしまい、また大量の汗をかいたのだろう。

それならそれで、早くまた予備の紙袋に交換すれば良いのに。

しかし、紙山さんは全く動こうとしない。気になった俺は、小さな声で紙山さんの背中に質問を投げ掛けた。

「紙山さん、紙袋替えないの？　苦しくない？」

紙山さんは俺の声に反応してビクッとした後、首というか頭というか、濡れた紙袋をブンブンと縦に振った。また俺の顔に紙山さんの汗がかかる。そしてその後、今度は紙袋を横に振る。どうしたのだろう。俺は再度質問をすることにした。

「紙山さん……もしかして、紙袋が替えられないの？」

今度は紙袋を縦に振る紙山さん。質問を続ける俺。

「予備が無い……とか？」

この問いかけに、紙袋を横に振る紙山さん。予備は有るらしい。

ならなんで替えないのだろう。このままだと死ぬんじゃないか。

予備の紙袋は持っているのに、替えられない理由とはなんだろう……と考え、すぐに一つの答えに行き着いた。

「替えられない理由ってもしかして、クラスのみんなの前で顔を出すのが恥ずかしい……とか？」

ブンブンブン！　と、今度は物凄い勢いで首を縦に振る紙山さん。

恥ずかしがり屋（や）もここまで来ると凄（すご）い。いやほんと……なんかすげー凄い。

いやいやいやいや！　感心している場合ではない！

担任もクラスメイトもこちらを見ようともしない。

先程（さきほど）まで小刻みに震えていた紙山さんは、既にピクリとも動かなくなっている。紙袋の裾（すそ）から見える首の色が真っ赤になっている。

俺は、何か代わりになりそうなものはないかと自分の学生カバンを慌てて漁（あさ）る。すると、そこには筆記用具や学校案内に交じって、大きな紙袋が一枚入っていた。このカバンを買った時に包んでくれた紙袋だった。後で処分しようと思っていて、結局面倒（めんどう）になってここに入れたままにしてしまっていたのだ。

俺は、紙山さんが被っているより一回り大きな紙袋をカバンから取り出すと大きく広げた。だが、これをどうやって彼女（かのじょ）に渡（わた）せばいいだろう。俺が逡巡（しゅんじゅん）しながら今一度紙山さんの方を見ると、紙山さんの首は赤を通（とお）り越（こ）して真っ白になっていた。

だめだ、このままだと死ぬ。

考えるより先に体が動いた。

俺は、自分の紙袋を紙山さんの濡れた紙袋の上から被（かぶ）せると、瀕死（ひんし）の紙山さんに届くように大声で叫んだ。

「紙山さん！　今だ！　中から手を入れてやぶるんだ！」

「……！」

紙山さんは、俺が被せた一回り大きな紙袋の中に両手を突っ込むと、今まで被っていた茶色の紙袋を顔から剥（は）ぎ取（と）った。

「はぁ……はぁ……ああアアありがととうござざざざした！」

紙山さんは俺の方へ向き直ると、カバン屋のロゴが印刷された紙袋をぺこりと下げた。

そして、手慣れた手付きで器用に目の部分を千切って穴を開けるとほっとしたように前を向いた。

お礼はいいんだけどさ、紙山さん……また、みんなが紙山さんに注目しちゃってるんだよね……。

きっとこの後、それに気づいた紙山さんは、さっきと同じようにたくさん汗をかいちゃうんじゃないかな。いま被ってる紙袋も溶けてしまうほどに……。

俺は、自分のカバンをもう一度よく探し、もう一枚くらい紙袋が入ってないかと確認（かくにん）したが、もう入ってはいなかった。

先生、ホームルームを早く終わらせないと死人が出ますよ。

俺は心の中でそう呟いておいた。

■ 紙山さんはお礼がしたい

「はい、それではホームルームはここまでです。明日からは授業が始まるから、忘れ物しないようにしてくださいね」

担任の言葉と共に終業のチャイムが鳴った。

クラスのみんなは今日出来たらしき友達と会話をしながら、三々五々教室を出ていく。

俺も帰ろう……今日はもう疲れた……。

そう思い、カバンを掴んで立ち上がる。教室を出ようとドアに向かい数歩ほど進んだその時。突然、俺の足首がベチャッとした感触の何かに掴まれた。

「うわっ！」

俺は突然のことに驚き、声を出してしまう。

慌てて足元を見ると、そこには、教室の床に膝をつき、びっしょりに濡れた制服姿で土下座をしながら俺の足首を両手でがっちりと掴んでいる紙山さんの姿があった。

俺はとっさに振りほどこうとしたが、まるで地面に張り付けられでもしたかのごとくピクリとも足が動かせない。物凄い力でがっちりと掴まれている。

「あのー……紙山さん……？　なんで掴んでるのかな……？」

紙山さんは土下座の姿勢のまま抑揚のおかしな声でつぶやいた。

「……先程は命を助けて頂き……ありがとととととととと」

とととと、と言ったまま固まる紙山さん。

クラスのみんなはチラチラとこちらを見ている。入学初日に女子に土下座をさせる男。それが俺。

ああ、どうしてこうなった……。

「紙山さん、頭上げてよ。別にお礼なんか要らないから！」

「……何かお礼をさせサセさせさせて下さい！　何でもしますから！」

紙山さんの『何でもする』という絶叫に、それまでがやがやと騒がしかったクラスが一気に静まり返る。

年頃の男子なら、女子から何でもしますと言われれば、ちょっとくらいはよからぬことを想像してしまってもおかしくはないだろう。そういうお年頃だ。

相手が、紙袋を被った汗の精霊でなければ……だが。

俺の足は未だがっちりと紙山さんに掴まれていて、床に接着剤で固定されたかのように動かせない。

何か適当に考えて解放してもらおう。そうじゃないと、俺の命の危険が危ない。

そう思った俺は、土下座の姿勢で俺の足首を掴んでいる紙山さんに言った。

「あぁー……そうだなぁ……。なら、今度学校の帰りにジュースでも奢ってもら——」

奢ってもらおうかな、と俺が答えようとしたその時。紙山さんは俺の足首を掴んでいた手を離すと一瞬にして立ち上がった。そして、俺の胴体にひょいと長い腕を回すと、まるでぬいぐるみでも抱き上げるかのように軽々と持ち上げ、そのまま走り出した。

「ジュース！　ジュースを買いに行きましょう！」

「ちょ、紙山さん！　待って！　待ってってば！」

「ジュースです！　ジュースを買わないと！」

そう言うと、紙山さんはびしょ濡れの体で俺を肩に担いで走り出す。廊下を抜け、下駄箱から自分の靴を引っ掴み、校庭を全速力で走り抜ける。下校中の生徒たちが、俺と紙山さんをまるでエイリアンでも見るかのような顔で見ていたが、それもすぐに遥か後方へと消え去った。

俺、小湊波人十五才。

これが、生まれて初めての女子と二人きりでの下校だった。

五分後。紙山さんが自動販売機(はんばいき)を見つけ立ち止まった頃(ころ)には、俺の制服は紙山さんの汗でびしょびしょになっていたけど、もう割とどうでもいい。

そう言えば靴も履(は)いてないんだけど、これももう割とどうでもいい……。

自分のカバンから財布(さいふ)を探す紙山さんを横目に俺は空を仰(あお)いだ。春の空は、それはもう爽(さわ)やかに青かった。

■ 紙山さんに友達ができた

ぽかぽかとした日差しが心地よい春の午後。

ついさっき高校の入学式を終えたばかりの俺は、真新しくてじっとりと濡れているブレザー姿のままで公園のベンチに腰掛け、缶ジュースを飲んでいた。誰もいない静かな公園には満開の桜。まだ新しい滑り台が春の穏やかな日差しを受け輝いている。俺の頬を暖かい春風が撫で、ひらひらと舞う桜の花びらは目に美しいのだが、濡れた制服が体に張り付いて気持ちが悪い。

ふと隣に視線をやると、そこには、俺と同じ真新しく、そして俺よりもびしょびしょに濡れた制服を着て、頭には紙袋を被った女子高生が座っている。

——傍から見たら、俺たち……恋人同士にでも見えるのだろうか？

こんな疑問が一瞬俺の脳裏に浮かんだ。だが、そんなことは断じて無い。絶対に無いと言い切れる。

それなら、俺たちは他人の目からどう見えるのか。

答えはこうだ。

カップルには見えない。変質者の集会には見える。

その証拠に、俺たちがジュース片手にこの公園に入って来た時、公園で遊んでいた小学生たちが蜘蛛の子を散らすように逃げて行ったのだから。

俺の隣では、頭に紙袋を被った身長一八〇センチをゆうに超えた紙山さんがジュースを飲んでいる。

一応、ジュースのお礼を言っとかないといけないな。

そう思った俺は、オレンジジュースを一息に飲み干したばかりの紙山さんに声を掛けた。

「紙山さん……あー……えーっと……ありがとね、ジュース奢ってくれて」

「……どどどういたますまましました！」

紙山さんは、裏返ったり表に戻ったり高くなったり低くなったりする抑揚のおかしな声で答えた。紙山さんはもじもじとしながら、飲み終わった缶を手でいじっている。

俺に礼を言われたことが恥ずかしかったのか、紙袋からはぼたぼたと汗が滴り落ちる。

それを見た俺は慌てて言う。

「そんなに緊張しなくてもいいから！　ジュース奢ってもらったし、これで貸し借りは無しにしよう？　な？　頼むから……」

それを聞いた紙山さんは、ゆっくりとこちらを向いた。紙袋に開けられた穴から覗いたぱっちりとした瞳が俺をとらえる。大きく見開かれた真っ黒な瞳。

あれ？　もしかして、結構かわいい顔をしているんじゃないのか……？

俺がそんなことを考えていると、紙山さんはまたぼそぼそと抑揚のおかしな声で話しだした。

「……あの……今日は色々と迷惑を掛けてしまって……その、すみませんでした……」

「気にしないでいいよ。まぁ、うん……色々あるよね……色々……多分……きっと……」

フォローにもならないフォローを入れる俺。

「あの……私、極度の恥ずかしがり屋で……人と話すのもとても苦手で……。知らない人ばかりで……とても緊張してしまって……」

「それで、緊張して今日はあんな感じだったの……？」

こくりと頷く紙山さん。

さっきまで両手で弄んでいた缶が、いつの間にかピンポン玉くらいの大きさのアルミの塊になっているのは見なかったことにしよう。いや、したい。俺は何も見なかった。

このまま紙山さんが緊張状態にさらされ続けたら、俺の命が危ないかも知れないな。何とかできないだろうか。

そう思った俺は、できるだけ優しい口調で紙山さんに話し掛けた。

「紙山さん、明日からはそんなこと無いかもしれないよ」

紙山さんは紙袋をこちらに向け、どうしてですか？　と聞いた。俺は努めて明るい声を出す。

「だって、俺たちはもう知り合いだろ？　明日からは知ってる人がいる学校だよ。だから大丈夫」

これで少しは緊張しなくなるといいな。俺の今後の学校生活の為に。何より、俺の命の為に。

紙山さんはびっくりした様子で俺のことをしばらく見た後、照れくさそうに言った。

「あの……それって……お友達になってくれる……ってこと……ですか？」

「ああいや、うん……まあ……友達、かな。友達……ともだち……」

友達ってなんだろう。まあ……いいや。

紙山さんは俺の言葉を聞き終えると、自分のスカートを両手でギュッと握りながら言った。

握られたスカートから、濡れた雑巾を絞った時のように汗がぽたぽたと滴り落ちる。

「ありがとうございます……。私、初めてお友達が出来ました……」

紙山さんはそこで一度言葉を区切ると、照れくさそうにこう言った。

「こんな私ですが……これからよろしくお願いします、小湊くん」

紙山さんは俺に向かって嬉しそうに礼を言うと、右手を差し出し握手を求めた。

もう、友達でも何でもいいや。平穏な学校生活が送れるならそれで。

「ああ、こちらこそよろしく。紙山さん」

俺は紙山さんの手を握り返した。

びっしょりと汗で湿った手を握りながら思う。

今だけは緊張しないでくれよ……でないと、俺の手がさっきのアルミ玉になってしまう。

俺、小湊波人十五才。

自分の命を守る為、女の子の友達が出来ました。

紙山さんと部活

■小湊波人は部活を探さなければならない

嵐のような入学初日から一週間が経った。

ここ一年一組の教室には朝の眩しい日差しが差し込んでいた。クラスでは既にそこかしこで友達グループが出来始めている。

リア充っぽいグループ。

オタクっぽいグループ。

真面目っぽいグループにちょっと不良っぽいグループ。

そして――

「おはよう、小湊くん」

「ああ、新井か。おはよ」

俺に声を掛けてくれたのは新井陽向。

入学初日、会った瞬間に委員長っぽいなと思っていたら、あっという間にクラス中からの推薦が集まり本当に委員長になってしまったという、人は見かけによる系女子だ。

委員長といっても仕切り屋のような嫌な感じはせず、いつもにこにこと優しい笑顔で微笑んでいるような親しみやすい女の子……だとクラスからは思われているようなのだが、俺は覚えている——以前交わした会話が少しおかしかったことを。

アレは一体なんだったのだろう……。

でも、委員長に推薦されてしまうくらいなのだ。きっとなにかの聞き間違いか、さもなければ俺の勘違いなのだと思っておこう。そうしよう。そうじゃないと、俺が怖い。

新井は俺にあいさつをすると、自分の席へと向かった。

そしてもう一人。

「おおおお……おはよう……小湊くん……」

「おはよ、紙山さ……汗汗！　あー……また床が凄いことになっちゃってるなぁ……」

俺の前の席の紙山さみだれさん。今日も元気に頭には紙袋を被り、大量の汗をかいている。

俺は、茶色い紙袋を被って全身から滴り落ちるほど汗をかき、メロンのように大きな胸を持つ紙山さんに話し掛けた。

「紙山さん、俺と話すのまだ緊張するの？」

「……はい……緊張しまシマします……」

　紙山さんは抑揚のおかしな声でぼそりと呟くと、自分の席に座る。

「そんなに緊張しなくてもいいのに」

「きききき緊張！　します！　するんです！」

　紙山さんはクラス中に響き渡る声で叫ぶと、その場で固まったまま、紙袋の裾から出た髪の毛や、スカートの裾からぽたぽたと汗を滴らせた。

　クラスのみんなはもう慣れたもので、ああまたいつものやつね、という遠巻きの視線を向けるだけで俺たちに関わろうとはしてくれない。

　自分の席にカバンを置いた新井が戻ってきた。

「紙山さん、おはよう。そういえば、二人は部活とかってもう決めた？」

　新井は誰にでも分け隔てなく優しい。クラスの輪から浮いていた俺たちをいつも気にかけてくれるうち、いつしか三人で話す事が多くなった。

　といっても、紙山さんはたいてい黙るか叫ぶか汗をかいているかなんだけど。

　新井に話し掛けられた紙山さんは、ビクッと体を硬直させた。

「ぶぶぶぶ部活……！　ですか……！　まままだ決めてません！」

「そういや俺もまだ決めてないな。帰宅部でいいんじゃないか？」

　俺は中学の時も帰宅部だったし、高校でも何か部活動をやろうとは考えていなかった。

もともと、面倒なことは好きではないのだ。

　ぶっきらぼうに答えた俺に、新井が顔を近づけながら言う。

「ダメだよ小湊くん。うちの学校は必ずどこかの部活動に所属しないといけないんだから」

「また面倒な校風だなあ……」

　俺はため息交じりに窓の外を見た。外では桜の花びらがはらはらと散り始めている。

　どこかの部活に必ず所属しなければいけない、か。それなら、新井はすでにどこの部に入るか決めているのだろうか。俺は新井に聞いてみることにした。

「そう言う新井はどこの部活に入るかもう決めてるのか？」

「んー、私もまだかかな。中学の頃は水泳部だったんだけど、高校では何か新しいことがやりたいなって思ってるんだよね」

　そりゃまた、えらく活動的なことで。

　新井は俺の顔と紙山さんの紙袋を交互に見たあと、楽しそうな声でこう言った。

「ねぇ、良かったら今日は一緒にいろいろな部活を見学に行かない？」

「面倒だからパスしていいか？」

「だーめ」

　新井はにこにことした優しげな笑顔をこちらに向ける。そして、紙山さんの方へ向きなおると肩にぽんと手を置いた。

置いた瞬間にぺちゃりと音がしたのは聞かなかったことにしよう。

「ねぇ、紙山さん。紙山さんは、中学の時は何か部活やってたの？」

新井の問いかけに、首をぶんぶんと横に振る紙山さん。紙袋から汗が飛び散り、俺の顔にかかる。

「それなら、もしまだ入る部活が決まってないなら紙山さんも一緒に見て回ろ？　ね？」

「……はははははははい！　部活……私も何かやってみたい……です……」

最後の方は消え入りそうな声で紙山さんが答える。

「なら決まり。それじゃ後でね」

新井はそう言うと自分の席に戻っていった。

部活かぁ……正直、面倒そうだなと思い、俺はため息をひとつついた。

■ 紙山さんは部活見学をする

夕暮れの放課後。俺と新井と紙山さんは部活見学を終え、一年一組の教室に戻ってきていた。俺たちは皆一様に目が死んでいる。うん、死にたい。

そして、誰も口を開こうとしない。

意気揚々と部活見学に出掛けた俺たちに何があったのか……。それを、これから語らねばなるまい。

新井に言われ、部活見学に行くことにした俺たち三人。

まず初めに向かったのは吹奏楽部だった。

男女が一緒に活動できる部活でなおかつメジャーなもの、と考えたら最初に思い浮かんだのが吹奏楽部だったのだ。

俺と新井が吹奏楽部の活動する音楽室に入ると、三年生の小柄なかわいらしい女の先輩が笑顔で出迎えてくれた。

どうやら部長と思わしき女の先輩は、俺たちを見るなり顔をほころばせた。

「いらっしゃい、見学希望の新入生かな？　私はこの部の部長でー……って、自己紹介は後でいいわよね。今年はあまり新入部員が見学に来ないから困ってたのよ。今みんなで練習中なんだけど、よかったら見ていって。何かやってみたい楽器があれば触ってもいいのよ。見学は君たち二人？」

思いの外歓迎ムードで俺は少しだけ嬉しくなった。

音楽室では二十名くらいの部員たちが、それぞれの楽器を手に練習をしているところだった。新井がにこやかな吹奏楽部の部長にハキハキと答える。

「はい、ご丁寧にありがとうございます。あ、後もう一人、一緒に見学に来ているんです。紙山さんも入っておいでよー」

そう言って、音楽室の外に声を掛ける新井。

部長は新井の言葉を聞くと、またもや嬉しそうに顔をほころばせた。

「あ、もう一人いるのね？　三人も一気に入ってくれれば助かるわ。君たち、もう見学とかいいから入部しちゃいなさいよ」

俺たちに笑顔を向ける部長。だが、この笑顔はすぐに崩れることになる。

嬉しそうな部長の前に現れたのは、身長一八〇センチをゆうに超え、頭には紙袋をすっぽり被り、びっしょりと濡れた制服を着た紙山さんだった。

頭に被った紙袋のせいで、おそらく二メートルは超えているだろう。

紙山さんは教室のトビラをゆらりとくぐると、入って来るなりスカートの裾から汗を滴らせながら、裏返ったり表に戻ったりする抑揚のおかしな声で叫んだ。

「ほほホホ本日はおひヒひひがらもよく！」

お見合いか。

叫ぶ紙山さん。

あー……と言ったまま固まる部長。

笑顔の新井。

練習の手を止め、俺たちの方を見ながら顔を引きつらせている部員一同。

うん、あれは妖怪とか怪物を見る時の目だ。俺、ゾンビ映画で見たことある。

そんなこんなではじまった吹奏楽部見学。

最初は音楽室の隅で座っていた俺たちだったが、練習がひと段落ついたのか、引きつった笑顔の部長が俺たちに近付いてきた。

「あー……ええと……よかったら何か楽器やってみませんか……。ええ……無理にとは言いませんが……もしよろしければ。ええ……無理にとは言いませんけどね……無理にとは……」

俺は部長の敬語に少しショックを受けながらも、それじゃあ、と簡単そうなトライアングルを触らせてもらっていた。

新井はというと。トランペットを手に取りいきなり音を出してみせた。そればかりか、二、三度試して吹いたかと思うと一気にドレミファソラシドの音階を綺麗にビブラートまでつけて吹いてみせ、部員たちを驚かせていた。

今まで楽器など触ったことがないと言っていたのに器用な奴だなと俺が思っていると、視界の隅で固まっている紙袋の存在に気が付いた。

紙山さんだ。

紙山さんの手には、木の棒の先にピンポン玉くらいの大きさの玉が付いたものが握られていた。体の前には木琴。どうやら紙山さんは木琴を選んだらしい。

紙山さんは、木琴のバチを持ったまま、ブルブルと体を小刻みに震わせ固まっている。

紙山さんの隣についた木琴担当の部員が言う。

「えー……と……そんなに緊張しないでいいから……まずは好きなように叩いてみてください……」

「……すすす好きなように……ですか……?」

「うん、好きなように叩いてみて。ここがドの音でここが――」

部員が言い終わらない内に、紙山さんは手に持ったバチを思いっきり振り下ろした。

ビュッ……という空気を切り裂くような音が聞こえたかと思うと、次の瞬間、音楽室に雷鳴にも似た轟音が響く。

激しい音をたてて真ん中から二つに割れる木琴。

「あああああ……! すみません!」

紙山さんの絶叫が音楽室にこだました。

引きつった笑顔の部員が紙山さんに話し掛ける。心なしかさっきより離れて立っている。

「あはは……は……木琴はちょっと難しかったかな……他に簡単なのはあったかな……」

「じじじじじゃあアレはどどどうですか……?」

紙山さんが指差したのはティンパニという洋風の大太鼓だった。

なぜお前はまた打楽器を選ぶのか。

ティンパニのバチを持ち固まる紙山さん。

促す部員。

振り下ろす紙山さん。

轟く雷鳴。

割れるティンパニ。

固まる部員一同。

俺がトライアングルをチーンと打ち鳴らすと、その音で我に返った部長が近寄ってきて腰を九十度に折った。

「すみません……帰っていただけませんでしょうか……」

「はい……本当にすみませんでした……」

俺たちが音楽室を出ると、中から女子部員の泣き声や悲鳴。男子部員の、殺されるかと思った！　なんていう絶叫が聞こえてくるのは、きっと俺の気のせいだろう、そうに違いない。そうであって欲しい！

俺たちは仕方なく別の部活を探しに行くことにした。

■ 紙山さんはもっと部活を見学する

「紙山さん、残念だったね。他の部活も見学に行ってみよ？　ね？」

落ち込む紙山さんに優しく声を掛ける新井。

「うーん、次はどこに行ってみよっか」

明るく振舞おうとする新井に、俺は出来るだけ暗くならないよう、明るい声で返す。

「ま……まぁ、色々な部活を見学するのが今日の趣旨だし他にも見てみようぜ。あ、ただ、俺は疲れることが嫌いだからなあ。出来れば次も文化系の部活がいいかな」

俺の言葉に紙山さんが反応する。

「ははははははい！　わたワタわた私も運動は苦手で……」

それを聞いた新井が、にこにことした笑顔を俺たちに向ける。

「よし、それなら文化部を中心に見て回ろうか」

こうして俺たちは文化部を中心に見て回ることにした。したのだが……。

これが、紙山さん伝説の始まりだった。

美術部ではキャンバスを破り、茶道部では茶碗を割り、華道部では花瓶を割った。

演劇部で起きたことは、ちょっと話したくない……。

合唱部では紙袋が顔に張り付いて死にかけていた。

落ち込む紙山さんに新井が言う。

「……紙山さん……残念……だったね……他の……部活も……見に……」

いつも明るくにこにことした笑顔を絶やさない新井が、分かりやすく落ち込んでいる。顔には無理矢理笑顔を張り付けてはいるのだが、目が半分死んでいる。紙山さんの、あまりにも規格外で力こそパワーな行動に心が折れかけているらしい。

俺は、落ち込んだ新井と紙山さんに同情を禁じ得なかった。そんな二人がかわいそうになった俺は、助け舟を出してやることにした。

「……仕方ないから運動部も見てみるか？　あれだけの力があれば、何か出来そうなスポーツもあるだろ、多分」

俺の言葉を受けた新井が、気を取り直して言う。

「そ、そうよね。紙山さんの破壊力……じゃなかった力があれば、スポーツでは有利かもしれないしね！　うんうん」

なんとか明るさを取り戻した新井が健気だ。とても健気だ。

だが、結果は同じだった。

柔道部では主将を畳にめり込ませ、ソフトボール部では打った打球が破裂し、剣道部では竹刀が防具を突き破った。

バスケ部で起きた事は、これも出来ればあまり話したくない……。

水泳部では紙袋を被ったままプールに入り死にかけていた。

夕暮れの誰もいない廊下を、教室に向けてとぼとぼと歩く俺たち三人。紙山さんの足跡は相変わらず湿っている。

新井が能面のような顔でぼそりと口を開く。

「……かみ……やま……さん……ざんねんだった……ね……なにかきっと……あるかな……あるのかな……ないかな……ないよね……あるある……ない……ない……」

いかん、新井の心が折れた。

あるかな……ないかな……と機械的に繰り返す新井の背中を眺めながら自分たちの教室に帰ってきた頃には、既にとっぷりと日が暮れていた。

■ 新井さんは心が折れる

「あるかな……ないかな……」

焦点の定まっていない目でぼそぼそとつぶやき続ける新井に、俺は声を掛ける。

「……新井」

だが、新井の耳には届かないらしく、尚も機械的にぼそぼそとつぶやき続ける。

「ないかな……あるカナ……ナイカナカナ……アルアルアルアルナイナイナイナイ」

俺は語気を強めて、あちら側の世界に行ってしまっていた新井を呼んだ。

「新井ってば！」

「ハッ……！　ご……ごめん、小湊くん。……どうしたの？　何かあった？」

新井は一瞬びくっとすると俺の方を向いた。俺は片手で頭を掻きながら言う。

「新井はがんばったよ……うん……。良く分からないけど、とにかくがんばった」

「ごめんね、小湊くん……。あるかなないかなって考えていたら、突然ポキッて音が聞こえて……そこから何も覚えてなくって……。多分あれは、心が折れた音だと思うの……」

そんなわけあるか。

新井は申し訳なさそうに紙山さんに話し掛けた。

「それに、ごめんね紙山さん……私、力になれなくて……」

どうして部活見学に行っただけなのにこんな言葉が出てくるのだろう。

紙山さんは相変わらず肩をがっくりと落とし、椅子の下に水たまりを作っている。

「……ごごごごごめんなさい……私、やっぱりまた部活は無理そうです……」

「ううん、私の方こそ……なんかごめんね……」

そう言って謝り合う女子二人。

新井は十分付き合ってくれたし、紙山さんだってわざとやっているわけではない。誰が悪いわけでもないことは、俺も分かっている。

しかし今、紙山さんはおかしなことを言わなかっただろうか。

俺は、さっきの紙山さんの発言に引っかかるところがあり、気になって聞いてみた。

「紙山さん、今また無理そうって言ったけど、どういう意味？」

俺の質問を聞いた紙山さんは、体をビクンと硬直させたかと思うと、長い腕を体の前で奇妙にくねらせながら話しだした。

「ああああの……私、中学の時もこうやって部活見学したんです……その時は一人で見て回ったんですけど……」

　多少、目に生気の戻った新井が聞く。

「そうなの？　中学の時は何か部活に入ってたの？　それなら高校でも同じ部活に入ったらいいよ、うんうん！」

　紙山さんは紙袋をぶんぶんと横に振る。汗が飛び散り俺の顔にかかる。俺は無表情でポケットからハンカチを取り出すと顔を拭きながら言った。

「今回と同じような結果だった……ってことか？」

　紙山さんは紙袋の穴から俺の方を見ると、こくりと小さく頷いた。その大きな瞳に涙が溜まっているのを、俺は見てしまった。

「うん……。中学の時も色んな部活に迷惑をかけてしまって……。私、みんなと一緒に何かやってみたかったんです……でも、どこにも入れなくって……。でも、どこかの部活には入らなければいけない決まりで……」

　そう言って黙り込むと、肩を落とす紙山さん。

　夕暮れの教室に下校時刻を告げるチャイムが鳴る。

　俺は紙袋の穴から紙山さんの瞳を見た。紙袋の穴からわずかに見える両の目から大粒の涙が零れ、紙袋の隙間からぽたりと落ちた。

俺たちはしばらくそんな紙山さんを前に言葉を発せずにいたが、いたたまれなくなったのか新井が立ち上がり言った。

「そ……そろそろ帰らないと……だよね……。明日もまた、どこか入れそうな部活を探してみよ？　ね？」

紙山さんは肯定も否定もせず、代わりに、制服のスカートの裾をギュッと握った。もちろん、その手もスカートも汗でびっしょりで、紙山さんがぎゅっと握ったスカートからは、濡れた雑巾を絞った時のように汗がぽたぽたと教室の床に零れた。

紙山さんはスカートの裾を握ったまま口を開く。

「……大丈夫……どこかの部活に名前だけ入れさせてもらうようにするから……。中学の時もそうしてきましたし……」

なるほどな、と俺は思う。

どこの部活に入ろうとしても迷惑を掛けてしまう。かといって、学校の規則を破り部活に入らないという選択はできない。その結果。中学生の紙山さんは、どこかの部活に幽霊部員として籍だけを置かせてもらっていたのだろう。

それを聞いた俺は、何かしてやれることはないだろうかと思った。

体のサイズも力も人並み外れた紙山さん。何か道具を使えば壊してしまうし、頭に被った紙袋は取ることが出来ない。異常なほど汗をかき服はすぐにびしょ濡れになってしまうし、人と話すことだって苦手だ。

　でも、俺はさっき、紙山さんの涙を見てしまった。

彼女はただ、みんなと一緒に部活動をしたいだけなのだ。だが、紙山さんに出来そうな部活なんてあるのだろうか。今日これだけ一緒に部活見学をして見つからなかったのだ。何とかしてやりたくても、俺にはその方法が分からなかった。

　俺はそんな自分に歯がゆさを感じ、半ば投げやりに言った。

「なあ……それならいっそ、部活を作っちゃえばいいんじゃないのか？　紙山さんでも出来そうなやつを。でもまあ……新しい部活作るなんて現実的じゃないよなぁ……」

　すると、新井が突然胸ポケットから生徒手帳を取り出しパラパラとめくり始めた。そして、あるページで止まると目を近づけてまじまじと読み、俺たちに向かってキラキラした目で言った。

「ここ見て！　部活の項目に新規部活動の申請方法が書いてある！　新しい部活……作ってもいいんじゃないかな！」

　ふと紙山さんに目をやると、紙袋の穴から希望に満ちた目を覗かせている。

　新井は生徒手帳を真剣に読み、それを紙山さんが見守る。

何とかしてやりたいとは思った。確かに思った。だけど、うん。予想外に面倒くさそうです……。

口は災いの元とは、昔の人はよく言ったものだ。

俺の隣では、懸命に生徒手帳を読み込む新井と、部活新設に希望を持った紙山さん。

俺は、教室の窓から暮れかけた夕暮れの空を見ながら考えた。

まぁ……こういうのも悪くはないか……多分、きっと、おそらく。

■小湊波人は新しい部活を考える

教室内に四時間目の終了を告げるチャイムが鳴り昼休みになった。俺は固まった体をほぐす為、両手を上げ大きく伸びをする。

クラスのみんなは思い思いのグループを作り、机を移動させ弁当を広げている。

「小湊くん、新しい部活考えてきた？　お昼食べながら話そ？」

俺に声を掛けてきたのは新井だ。

昨日の放課後。新しい部活を作る事にした俺たちは、何の部を新設するかを宿題としていたのだ。

「いやー……まぁ、考えたと言えば考えたんだけど……」

新井の質問に歯切れ悪く答える。それというのも、いくつか考えてはみたのだが、ついに名案は思い浮かばなかったのだ。

新井はそんな俺の気持ちを知ってか知らずか、いつものにこにことした笑顔で俺の席に弁当を置くと、前に座っている紙山さんに声を掛けた。

「あ、紙山さんも一緒にご飯食べよ？」

「……！」

紙山さんは新井の言葉にビクンと体を硬直させたかと思うと、錆びたゼンマイが回るかのようにぎこちなく上半身だけを回転させ後ろを向いた。ギィィと音がしそうである。

いや、怖いからね、その向き方。

優しく教えてやる俺。

「紙山さん……体だけじゃなくって、椅子ごと後ろに向けたら良いんじゃないかな？」

「あ！　そそそそうですね！　そうしますマスました！」

紙山さんは、相変わらず抑揚のおかしな声でそう言うと慌てて立ち上がり、椅子の向きを直す。

俺の机の上に三人分の弁当が並ぶと、新井はいつもの笑顔で話し始めた。

「それで、新しい部活なんだけど。まず運動系はダメだと思うの」

「そうだな。運動系は止めた方がいいと思う、切実に」

「うん……切実に……」

紙山さんと一緒に練習などしたら、命がいくつあっても足りない。

俺と新井は揃って表情を曇らせたが、気を取り直した新井が続ける。

「そ……それでね、それなら文化系の部活ってことになるけど……紙山さんは何かやってみたいこととかある？」

新井は優(やさ)しげな笑顔を紙山さんに向けた。

急に視線を向けられて慌てた紙山さんは、視線を落とし、ついでに制服の裾から汗の粒(つぶ)も落として、大きな背中をこれでもかというくらい丸め小さくなった。

「私は、みんなと一緒に何かが出来ればそれでよくって……」

紙山さんの答えを聞き終えると、腕組(うでぐ)みをした新井が言う。

「うーん、そうなると……小湊くんは何かある？」

「うーん……そうだなあ……」

俺も新井と同じように腕を組むと、紙山さんと新井の中間あたりを見ながら考える姿勢をとった。

昨日、家に帰った後、俺は俺なりに考えてはみたのだ。だけど、ついにいい案は思い浮かばなかった。俺は取(と)り敢(あ)えず自分の希望を伝えてみることにした。

「出来れば、あまり面倒なものは避(さ)けたいかな」

「小湊くんは面倒くさがりっぽいもんね」

新井はそう言いながら笑った。そして、眉間(みけん)にシワを寄せると左手を顎(あご)にあてる。

「困ったわねぇ……私も昨日考えたんだけど、結局いい案が浮かばなくって。何か新しいことをやってみたいなと思っているんだけど」

新井は新しいことがやりたいのか。

紙山さんがみんなと一緒に出来て、何か新しく、かつ面倒でないもの。これは、難題だな。

俺と新井が考えていると、紙山さんが慌てて言った。

「……ごごごごめんなさい！　私の為にそんなに考えさせてしまって……私、もう少し考えてみまみます！」

新井はにっこりとほほ笑みながら紙山さんに返す。

「うんうん、時間はあるからみんなで考えよ？　あと紙山さん、そんなに慌てて喋らなくて良いんだからね？」

新井の笑顔を見て更に緊張する紙山さん。紙袋の裾から出た黒髪からは、今もぽたぽたと汗が滴り落ちている。

昼休み前に雑巾をかけとかないと誰かが滑るだろうな。

しかし、どうすればいいのだろう。

既存の部活に入れない紙山さんの為に新しい部活を作ろうという発想は良かったと思う

のだ。だが、俺たち三人の希望を満たす部活とはいったいどんなものなのだろう。

紙袋を下に向け、肩を落として落ち込む紙山さんを見るともなく見る。恥ずかしがり屋で人と話すのが苦手……か。

俺はふとひらめくものがあった。

新しく、面倒でなく、紙山さんでも出来る活動で、更には紙山さんの為にもなり、ひいては俺の平穏な高校生活にもつながりそうな、そんな部活を思いついたのだ。

俺は腕組みを解くと、二人に向けて口を開いた。

「こういうのはどうだろう」

多分これなら、みんな満足出来る……はず。

俺の言葉に、紙山さんと新井は揃って俺を覗き込んだ。

二人の女子に注目されているのが気恥ずかしくなりながらも、俺は今しがた思いついたアイデアを発表した。

■ 紙山さんは新しい部活に期待する

「会話部を作るってのはどうだろう」

俺の意見に新井が質問を挟む。

「会話部？」

「うん、会話部。紙山さんは人と話すのが苦手なんだよね？　だから緊張しちゃって……まぁ……その……色々な大惨事を……」

「ええ……大惨事……を……」

新井は、部活見学の時のトラウマが蘇ったのか、引きつった笑顔で遠くを見た。

紙山さんは俺に紙袋を向け、じっと話を聞いている。俺は、紙袋に開いた穴から紙山さんの目を見た。紙袋の穴から向けられている眼差しは真剣そのものだった。

俺は紙山さんの方を向くと先を続ける。

「人と話すのが苦手なら練習したらいいんじゃないかな、部員同士でさ。練習して人と接することにも慣れていけば、今まで紙山さんが困っていた色々な問題も解消できると思うんだ」

色々な問題。

具体的には、俺を抱えて校内を全力疾走したり、そのまま自動販売機のあるところまで拉致したり、制服がびしょ濡れになるほど汗をかいたり、各部活に消えないトラウマを植え付けたり。つまりはそういうことだ。

「かかか……会話の……練習……ですか……？」

紙山さんはわたわたと慌てながら聞く。

「わたっ私でも……練習すればいろんな人とお話し出来るようになるかな……？」

「ああ、きっと出来るようになるよ」

俺は元気よく答えた。

きっと出来る……出来るようになってもらわなければ、俺が困る。我ながら名案だ。新井の希望通り新しく、ただ会話をするだけなので俺の希望通り面倒でなく、紙山さんの悩みも解消出来る。

紙山さんは紙袋の穴から覗かせた瞳を輝かせている。

そこに新井が素朴な疑問を挟んだ。

「うーん、確かにいい案だとは思うけど、でもそれって……私たちは何をするの？」

俺の名案は早くも暗礁に乗り上げた。それは考えていなかった。俺は慌てて理由を探しながら答える。

「あー……っと、それは……会話ってのは人と人とのコミュニケーションの第一歩だよね。だよねー……だからええと、えっとー……俺たちはまだ高校に入ったばかりだけど、これから大学生になり社会人になった時に、より良い人と人とのコミュニケーションを取るために、会話の技術を磨いて……磨いて……」

どうしよう、口から出任せ過ぎる。

しどろもどろになりながら俺が答えていると、新井は突然俺の手をぎゅっと握った。そして、俺の手を握ったまま身を乗り出すと、ぐっと顔を近づけた。突然至近距離に現れた新井に、俺は顔が赤くなるのを感じ慌てて言う。

「ああ新井、いきなりどうした」

「それ……いいと思う！　紙山さんもそう思わない？　会話って大事だもんね！　うんうん、会話部いいと思う、小湊くん！」

良かった、好評だったか。

紙山さんは紙袋をぶんぶんと縦に振り、両手を体の前でぎゅっと握り、汗を飛び散らせながら嬉しそうに肯定の意思を示していた。

俺は、目の前で喜ぶ紙山さんを見た。

紙袋を被っているので表情は見えないけど、今の紙山さんは多分笑顔なんじゃないかな。

何だか俺まで嬉しくなってしまう。

それにしても……笑顔の紙山さんか。紙山さん、どんな顔で笑うんだろう。ふと、そんなことを考えてしまう。

嬉しくなった俺は、つい余計なことを言ってしまった。

「そんなに喜んでくれてよかった。紙山さん、会話に慣れれば緊張しなくなって汗もかかなくなるかもしれないし、そのうち紙袋も外せるんじゃないか？」

「……！」

喜んでいた紙山さんの動きが急に止まり、両手で紙袋を押さえると突然立ち上がり叫んだ。

「だだだダダメです！　この！　紙袋は！　取れません！　はずハズはず恥ずかしいので……！」

そして、その場で直立不動になると、両手をぎゅっと握りしめる。スカートの裾からはぽたぽたと汗が滴り落ち、頭に被った紙袋にじわっと汗が染み込んで色が濃くなっていく。

クラスのみんなは、一旦は紙山さんに視線を集めたものの、すぐに元の会話に戻っていった。

俺はそんなクラスメイトたちを見て思う。人間って案外順応性が高いんだな、と。

紙山さんはそのままの姿勢で固まり、新井は笑顔でうんうんと頷(うなず)いている。

この三人で何とかなるのだろうか。

一抹(いちまつ)も二抹も不安が頭をよぎるが、俺はあまり考えないようにした。

■ 新井さんは二次元と勝負する

この三人で何とかなるのだろうか。俺がさっき思った疑問についてだが、敢えて答えるなら全然何とかならなかった。もう一度言おう。全然何とかならなかった。

それは何故か。

この学校にはおかしな奴が多過ぎるからだ。

俺たちはその日の放課後、『会話部』を作る為に職員室の担任の所に向かった。職員室に紙山さんが入った瞬間、教師たちは一瞬ざわめいたがすぐに自分の仕事に戻っていった。

担任が俺たちに新規部活動申請と書かれた用紙を渡すと、新井がその場で活動内容やら部員の名前やらを記入して担任に戻す。

これだけで新しい部活ができるとは、思ったより簡単なものだな。

俺がそんなことを考えていると、申請用紙を受け取った担任は困ったような顔をした。

「あら？　部員はあなたたち三人だけなの？　新しい部活を作る為には四人以上の部員が

必要なのよ。あと一人部員を見つけたらもう一度来てね」

職員室からとぼとぼと帰る俺たち三人の足取りは重い。俺はそんな空気に耐えかね、わざと明るく言う。

「まさか、四人必要だったとはなー。まあ、あと一人見つけて申請に行けばいいんだから大丈夫だろ」

これには新井が答える。

「あと一人かー。私の友達はもうみんな部活決めちゃってるしなあ……。小湊くんは誰か心当たりある？」

いやー……俺は入学当日に紙山さんにロックオンされて以来、誰も友達いませんし。こんなお願いを快く引き受けてくれそうな知り合いなど俺にはいなかった。

「いや、俺もちょっといないかな」

新井は俺から紙山さんに視線を移す。

「そっかー……紙山さんは、誰か知らない？」

正直、紙山さんに心当たりがあるとは俺は思えなかった。

常に頭に紙袋を被り、大量の汗をかき、クラスのみんなから触れたらいけない人認定をされ、色々な部活にトラウマを植え付けた紙山さんだ。新しい部活を作るための心当たりなどあるはずがない。

俺が、特に期待もせず紙山さんの方を見ると、紙山さんは意外なことに廊下の端の方を指差している。

相変わらず緊張でもしているのか指先はぷるぷると震え、指先からは汗が滴り落ちている。

もしかして心当たりでもあるのだろうか。協力してくれそうな知り合いがいて、その人がその指の先にいるのだろうか。俺は紙山さんが指差した方を見る。

すると、そこには楽しげに誰かと会話をしている小柄な女生徒が立っていた。

小柄な女生徒は、まさに今時の女子高生といった雰囲気だった。

身長は一五〇センチにも満たないくらいに小柄で、とても整ったかわいらしい顔立ちをしている。大きめなサイズの淡いピンクのカーディガンをふわっと羽織り、スカートは紙山さんや新井が穿いているものとは違う、赤いチェックのプリーツスカートだった。

うちの学校には一応指定の制服はあるものの、生徒の自主性を尊重するとかで服装規定がゆるく、中には自分で用意した好きな私服で通学している者もいる。高校生らしい服装であれば問題ないらしい。

彼女もそのうちの一人なのだろう。カーディガンから出た赤いチェックのスカートをこれでもかと短くし、頭の両サイドでくるんと束ねられた髪を弾ませながら、誰かと楽しそうに会話をしていた。

紙山さんにあんな普通の知り合いが？

小柄な女生徒は、俺たちの前方十メートルほどのところに立ち、丁度廊下の曲がり角で誰かと会話をしているようだ。会話の相手は角を曲がった向こうにいるらしく俺たちからは見えないが、かわいらしい顔をほころばせながら楽しそうに話している。

結構大きな声で会話をしているので、俺たちのところまで話の内容が聞こえてくる。

「あはは、そうなんだ。そういえばこの前買った雑誌に書いてあったんだけどね――」

彼女はとても朗らかに、そしてすらすらと会話を展開していた。紙山さんもこれくらい会話ができるようになれればいいんだけどな。

俺はそんなことを思いながら、紙山さんに指差された女生徒の会話に耳を傾ける。

「あ、ホントに？　でも、学校の近くのクレープ屋さん知ってる？　あそこ、とっても美味しいってクラスで評判なの！　今度、放課後行ってみない？」

内容も今時の女子高生らしい。でも、あんな普通の会話をするかわいい女子を、紙山さんはなぜ指差したのだろう。

小柄な女生徒の会話は終わらない。

「そうなんだ！　それじゃその洋服屋さん、今度の日曜に行ってみようよ、あーちゃん」

紙山さんが黙ったまま尚もその女生徒の方への指差しを続けるので、俺と新井は女生徒のとりとめのない会話を立ち止まって聞いていた。

「あ、次は美術の時間だったよね。美術室はあっちだったかしら。一緒に行こっ、あーちゃん」

女生徒はそう言うと、角の向こうにいる友人の手を取りこちらに向けてかわいい笑顔で歩き出す。女生徒に手を引かれて、曲がり角の向こうから会話の相手が現れる。

それを目にした俺と新井は、揃って固まった。

小柄な女生徒に手を引かれ曲がり角の向こうから現れたのは、魔法少女だった。

最近深夜に放映されている魔法少女モノのアニメに登場する主人公の服を着た、目がキラキラして、肌が真っ白な二次元顔負けの女子だった。ふりふりでふわっとした真っ白のスカートに、同じくふりふりのシャツ。手には魔法のステッキを持ち、髪の色は真っ赤。エナメル製のてかてかとした靴を履き、まるで二次元の世界から飛び出してきたのかと思うような魔法少女が、そこにいた。

……というか、よく見ると二次元だった。

廊下の向こうから現れた魔法少女は、よく本屋さんとかに販促品として飾ってある等身大パネルだった。足元にはご丁寧に車輪が取り付けられており、小柄な女生徒が手を引くとコロコロと転がり移動する仕組みになっている。

俺たちが呆然と立ち尽くしていると、小柄な女生徒はパネルの手を引きこちらに向かって歩きながら、魔法少女の絵に話し掛ける。当然のことだが、返事など返ってこない。

「次は美術かー。アタシ、絵を描くのは苦手なのよね」

それでも、小柄な女生徒には何かが聞こえているらしく、軽快な会話を続ける。

「え？　あーちゃんは絵が得意なの？　いいなぁ……次の時間は人物画だったよね。そうだ、二人でお互いの顔を描かない？」

俺たちの前には小柄な女生徒が一人と、魔法少女の等身大パネルが一枚。

紙袋の次はパネル。

俺は紙山さんに話し掛けた。

「紙山さん……さっき指を差してたけど、あの女子……知り合い？」

紙山さんは両手を身体の前で横に振り、わたわたとしながら答える。

「し……知り合いではないんですデスですけど……いつもああやってパネルを連れていて……。何度か廊下ですれ違ったことが……」

どうしてこの学校にはこんな奴ばかりいるのだろう……。

だが、俺たちがこれから作ろうとしている会話部は、会話の練習をする部活動だ。ある意味丁度良い人材かもしれない。仕方ない。この際、仕方ない。

俺は、何か大事なものをごっそり諦めたような表情で彼女に近付くと、恐る恐る声を掛ける。

「あー……えっと、それ、会話の練習でもしてるの？　俺たち会話部っていう部活を作ろうとしてるんだけど、よかったら入ってみない？　俺たちと会話の練習しようよ」

しかし、その女生徒は俺のことなどまるでこの場に存在しないとでもいうように、俺の方を見ようともせずパネルに向かって会話を続ける。

「ねぇあーちゃん。なんか知らない男に話し掛けられてさー、ちょっと気持ち悪いよね……。いきなりなんなのかしら。男の人と話すなんて無理だよね」

ここまであからさまに無視されるといっそすがすがしい。俺がどうしたもんかと思っていると、ふいに紙山さんが女生徒に向かって、右手と右足を揃えた歩き方で近付き声を掛ける。

「かかかッ……！　会話部どうですか……？」

女生徒は紙山さんへと視線を向ける。

彼女の目の前には、身長一八〇センチをゆうに超す、紙袋を被った女子高生が、今さっき沼から上がってきたのかな？　というくらい体中から水を滴らせた姿で立っている。

女生徒は一旦紙山さんの方を見たかと思うと、紙山さんの様相を確認し、一切表情を変えずにまたパネルとの会話を再開した。

俺は思った。あいつ……悲鳴をあげなかっただけでも強い心を持っているな、と。それとも夢だとでも思ったのだろうか。まだそっちの方が、現実味がありそうだ。

俺はため息をつくと呆然としている新井の所に戻り、背中をぽんと叩いた。

「頼む……新井。一応……彼女を誘ってみてくれ。紙山さんはあんなだし、それにあの子、男と話したり出来ないみたいなんだ……」

呆気にとられていた新井は、俺に促され真剣な顔をする。

「え？　あっ……う……うん……そうなんだ……がんばる……」

「あぁ、頼むよ。もう何でもいいけど取り敢えずがんばってみてくれ……」

俺はそう言うと新井にパネル女子を託した。

魔法少女のパネルに話し掛け続ける女生徒に近付く新井。声の届く位置まで行くと、いつものにこにこした笑顔で女生徒に話し掛ける。

「ねえ、何のお話ししてるの？　よかったら私ともお話ししない？　私、あなたとお話ししたいな。名前はなんて言うの？」

女生徒は一瞬だけ会話を止めたが、すぐに新井を無視して魔法少女のパネルとの会話を再開した。

新井でもダメだったか……。

そう思いかけた俺は、女生徒の微（かす）かな変化に気が付いた。新井が声を掛けたとき、ある部分で女生徒の会話が一瞬だけ止まったのだ。

俺は新井に提案する。

「新井！　今、一瞬だけど『あなたとお話ししたいな』ってところで反応があったぞ！　もう一度言ってみてくれ！」

「そ……そうなの？　よし……それじゃあ……あなたとお話ししたいな！」

「……！」

またピクリと一瞬だけ会話を止める女生徒。

やはりだ。どうやら必要とされることが弱点らしい。女生徒の弱点を看破した俺は新井に指示を飛ばす。

「新井！　その調子だ！　もっと彼女を必要としてみてくれ！」

「分かった！　あなたとお話ししたいな！」

「……！」

「あなたと！　お話し！　したいな‼」

「……‼」

廊下に新井の絶叫がこだまする。すると、女生徒とパネルとの会話が完全に止まった。

この機を逃す俺ではない。

「今だ新井！　トドメを刺せ！」

トドメという言葉が適切かどうかは、この際どうでもいい。俺の言葉を受けた新井は、いつものにこにことした笑顔をより一層ほころばせると優しげな声で語り掛けた。

「ねぇ……私たちと一緒に会話部に入らない？　あなたが必要なの。あなたのお名前は？」

今までパネルに向かって話し掛けていた女生徒は、突然顔を真っ赤にしたかと思うと下を向いたまま小さな声で答えた。

「……春雨よ。天野春雨……アタシのこと……必要なの……？」

こうして俺たちは、天野春雨の捕獲に成功した。

■ 天野さんは男を避ける

「天野さんっていうのね。私は新井陽向です、よろしくね。あっちの二人は小湊くんと紙山さん」

新井はいつものにこにことした笑みを天野に向けた。天野は顔を真っ赤にしながらぼそりと答える。

「……よろしく」

よかった、どうやら新井には心を開いたらしい。男が苦手らしいけど、いったいどれくらい苦手なのだろうか。俺は、パネルとの会話を終えた天野に近付いた。

「天野さん、そこで何してたの？　もしかして会話の練習？　だったらちょうど俺たち――」

俺が話し掛けるやいなや、天野はパネルの方へ向き直りまた魔法少女（二次元）との会話を再開した。

「ねぇねぇ、あーちゃん。アタシまた知らない男から話し掛けられるようになったんだけど、どー思う？　ナンパとかマジでキモイよね。え？　それは春雨ちゃんがかわいいからだよって？　もー全然そんなことないってば〜」

なるほどな、視界にすら入らないくらい苦手らしい。

それならば。

俺のイタズラ心に火がついた。ここは敢えて無視されても話し掛け続けてみよう。むしろ、会話に無理やり乱入してやろう。

「そうそう、全然そんなことない……ってなくはないと思うよ、天野さんかわいいし。超かわいいし。でも、俺はナンパしたいわけじゃないんだ。部活の勧誘をしようと思って」

天野は、かわいい、の部分で瞬間的に顔を赤らめたが、またパネルに向かって話し掛ける。

「何かね、それで勧誘とか言ってくるの！　正直怪しいっていうかキモイっていうか、キモイっていうかキツイっていうか。それに、詐欺かもしれないじゃない、そんなの」

「詐欺じゃないってば。新しい部活を作るんだけど、良かったらどう？」

「あっ……あっ……新しいクレープ詐欺屋には……行った？　……じゃなかった！　クレープ屋さん！　部活の……帰りに……」

よし、会話がおかしな具合に混ざり始めたぞ。俺は、作戦が上手くいっていることを確認すると、もうひと押しする。

「そうそう、部活の帰りにはみんなでクレープ屋に行ってもいいと思っている。そんなに堅苦しくない部活だしね」

「かかか堅苦しカタクチイワシの産卵場所は……主に昆布やワカメなどの海藻類の……根元……に」

もう一息だ。

「ワカメと言えばこんな恐ろしい話があってな……ワカメは噛めば噛むほど味が出る」

「ブフォ」

よし、天野が吹き出した。これぞ、俺の必殺技、思わぬところで言うダジャレである。普段は必殺技が炸裂すると同時に微妙な空気に包まれるので封印している自爆技なのだが、効果のほどは絶大だったらしい。

天野は慌てて吹き出した口を押さえると、小さな手で俺の胸倉を掴んだ。

「ちょっとイキナリ何言い出すのよ！」

「ごめんごめん、つい最高に面白いダジャレが出てしまった」

「何がついよ！　アタシは男も嫌いならダジャレも嫌いなの！　しかも、あんなに面白くないダジャレなんか……」

天野は俺に顔を近付けてがなりたてる。天野はとても興奮しているのか、下手したら唇（くちびる）が当たってしまいそうなほどの距離まで俺に顔を近付け怒鳴（どな）っている。天野のかわいらしい顔を近付けられ照れてしまった俺は、天野から目を逸（そ）らしながらぼそりと呟（つぶや）いた。

「でも吹き出したじゃないか……」

天野は顔を真っ赤にしながら俺を掴む手に一層力を込める。

「バッカじゃないの！　わわわ笑ってなんかいないわよ！　ただちょっとクシャミ……そう、クシャミが出ただけ！」

俺の喉元（のどもと）をギリギリと絞（し）め上（あ）げる天野春雨。新井が慌てて俺たちの間に入る。

「ちょ、ちょっと天野さん落ち着いて？　ね？　私たち会話部っていう会話の練習をする部活を作ったんだけど、よかったら一緒にどう？　私、春雨ちゃんともっとお話ししたいな」

「あ、ば、あっあっ……えーっと……ししし仕方ないから入ってあげてもいい……かな……アタシ、人とお話しするの……得意……だし……」

真っ赤な顔で答える天野。

人とじゃなくパネルとだろう？　というツッコミはやめたおいた。

新井は真っ赤になっている天野の手をぎゅっと握る。

「それはよかったあ……一緒にがんばろ、春雨ちゃん！」

「よ、よ、よろしく新井さん……あ、でもあっちの男は殺してもいい？　アタシ、男が苦手なのよ……」

春雨の物騒な質問に、いつものにこにことした笑顔で答える新井。

「うん、後で私が殺っとくね。取り敢えずここに名前とクラスを——」

新井はそう言うとポケットから申請用紙を取り出して天野に渡す。

今、何か新井の口から物騒な単語が飛び出したような気がするのは、聞かなかったことにすれば良いのだろうか。

夕暮れの廊下で、俺はふと隣の紙山さんの方を見た。

紙山さんは相変わらず制服や、頭に被った紙袋からぽたぽたと汗を零していたが、両手を大きな胸の前でぎゅっと握り、新井を応援するようにぶんぶんと縦に振っている。

無事に部活が作れて喜んでいるのかな。

俺は、紙山さんの喜ぶ顔が見られて少し嬉しかった。

いや、正確には顔は見えないんだけどね。それでもとにかく、ほんのちょっとだけ嬉しかった。

紙山さんと会話部

■紙山さんはロッカーに入る

会話部の四人目の部員を探していた俺たちは、学校の廊下で魔法少女の等身大パネルと会話をする天野春雨を見つけ、なんとか勧誘することに成功した。

俺たちはその足で職員室の担任の下へと向かうと、申請用紙を提出した。

担任をはじめ、職員室にいた教師たちは四人目の部員である天野を見ると、あー……よりにもよってその生徒を捕まえてきちゃったのか……という視線を向けた。

きっと、コイツもコイツで有名人だったのだろう。なんせ魔法少女の等身大パネルと会話をするような奴だからな。

ともあれ。

俺たちは四人の部員を揃え、無事会話部を設立するに至った。もっとも、今後の活動まで『無事』であるかどうかは甚だ疑問ではあるのだが。

俺たち会話部には、校舎の端、廊下の突き当たりの今は使われていない教室を部室にあてがわれた。そして今日が、初めての会話部の活動である。

俺は教卓の前に立つと、みんなに向けて話し出す。

「えー……それではこれより、第一回目の会話部の活動を始めたいと思うわけですが……」

椅子に座りにこにことした笑顔で盛大に拍手する新井。

うーん、今日も笑顔が素敵だ。

「あはは、あーちゃんったら面白いこと言わないでよ、そう、それで新しくできた服屋さんにはもう行ったの？　え？　行っちゃったの？　もう、アタシも誘ってって言ったじゃん！」

教室の一番後ろ。俺に背を向けているのは、後ろの黒板に魔法少女のパネルを立てかけ、パネル相手に一人で会話をし続ける天野春雨。

うーん、今日も元気に病気そうで何より。

紙山さんに至っては……あれ、いない？

さっきまで新井の隣で大汗をかきながら座ってたんだけどな。

俺は頭をぽりぽりとかきながら教室中を見渡す。すると、ガタゴトと不自然に揺れる掃除用具入れのロッカーを発見した。

うーん、何がどうなってんだ……。

俺は無表情でロッカーに歩み寄るとガチャリと扉を開けた。

そこには、体を奇妙な形に折りたたんでなんとかロッカーに収まっている紙山さんの姿があった。

俺は、ロッカーの中でホラー映画に出てくる惨殺死体のように体を折りたたんでいる紙山さんに質問する。

「えーと……何をやってるのかな？」

紙山さんは、びしょびしょに濡れた制服から汗を滴らせながら、ロッカーの中で窮屈そうに体をくねらせている。

「はっ……はっ……恥ずかしいので……つい隠れられそうな所に隠れちゃいました……」

うーん、もう本当にどうしようか……。

俺は、ロッカーの中で体を折りたたんでいる紙山さんに優しく声を掛けた。

「いいから、出ておいで」

「……はい」

肘とか膝とかをぐねぐねと器用に真っすぐに戻しながら、紙山さんはロッカーから這い出してくる。

さてと、あとはあいつか。

俺は、魔法少女あーちゃんさんとの会話に花を咲かせている春雨の側に行くと、パネルと春雨の間に強引に割り込んだ。

「春雨さん、あーちゃんさんとの話は終わったかな？　そろそろ部活を始めたいんだけど」

俺が目の前に立っているというのに、俺の存在など一切無いかのごとく魔法少女のパネルと会話を続ける春雨。

「え？　あ、ごめん、なんか人みたいなゴミが話し掛けてくるからまた今度ね。うん、うん……それじゃ、絶対だからねー、バイバーイ」

それを言うならゴミみたいな人だろう。

今までの笑顔を仏頂面に変え、春雨は渋々新井の隣に座る。

俺は軽くショックを受けつつも、再度教卓の前に立ち、仕切り直した。

「えー……改めて、これから第一回目の会話部の活動を始めたいと思いますが……なんというか……みなさん……全体的に大丈夫ですか……」

早くも俺は限界だった。新井がいつものにこにことした笑顔で言う。

「大丈夫だよ、小湊くん！　がんばって！」

何を根拠に大丈夫と言っているのか分からない新井の声援を受け、俺は気を取り直して続けた。

「えー……まず、今日は初回なので、俺たち会話部の活動内容を決めたいと思います。『会話の練習をする部活』というのは決まってるんだけど、どうやって練習するかはこれからみんなで決めたいと思う。何か意見のある人はいますか？」

そう。俺たち会話部の活動内容はまだ何も決まっていないのだ。俺の言葉を受けた新井が右手を真っすぐにピンと上げる。俺は新井を指名した。

「はい、新井さん」

「私たち会話部の目的は、人と円滑なコミュニケーションを取ることよね？　それなら、まずは毎回議題を決めてみんなでそれに沿った話をして、会話の練習をすればいいんじゃないかしら」

新井らしい真っ当な意見だった。俺は新井の意見に賛成の意思を表す。

「お、それいいな。例えばよく『普通の世間話』なんて言うけど、じゃあ何を話したら普通なのかが分からないことってあるもんな。何か議題があれば話しやすいかもしれない」

「うんうん、だからまずは議題を決めて練習してみたらいいと思うの。早速みんなで議題を考えてみない？」

「よし、ちょっとやってみるか」

新井がまともで泣きそうになる。

さて、どうやって議題を募るかなのだが、ここが普通の部活動で、部員が普通の部員なら、挙手をさせて一人ひとり発言をしていけばいい。

だが。

俺はチラリと紙山さんと春雨の方へと視線を向けた。

紙山さんは椅子に座りもじもじしているし、春雨は俺の方を呪(のろ)い殺さんばかりの目で睨(にら)んでいる。

この二人に挙手をさせ、俺たちの注目が集まる中で発言させるのは難しそうだな。それならば、と俺はひとつの提案を口にした。

「あー……最初から口頭での発表だとハードルが高いかもしれないから、匿名(とくめい)でメモに書いて順番に読み上げるようにしようか」

俺がそう言うと、紙山さんはほっとしたように息を吐(は)きながら大きな胸をなで下ろした。メロンのような胸がぷるんと震(ふる)え、スカートの裾(すそ)から汗がぽたんと床(ゆか)に落ちた。

定規を使ってノートを適当な大きさに千切りメモを作りながら、俺は思う。果たして、まともな案が出てくるのだろうか。

俺は不安になりながらもノートの切(き)れ端で出来たメモを三人に配った。

■ 小湊波人は恥ずかしがる

みんなに議題案を書いてもらった紙は、教室の隅に都合良く置いてあった箱の中に入れてもらうことにした。

そして十五分後。

みんなが議題を書き終え、メモを箱に入れたことを確認した俺は、箱を片手に再び教卓の前に立つとみんなに向けて口を開く。

「はい、それじゃあ出揃ったみたいなので一枚ずつ読み上げていきます」

俺の前には笑顔の新井と仏頂面の春雨、そして初めての部活動にガチガチに緊張し、びっしょりと湿った紙袋を被った紙山さんがいる。

俺はみんなが見守る中、箱の中に手を入れ最初に指先に触れた一枚のメモを取り出し顔の前で広げ、読み上げた。

「えーと、なになに？　小湊のダメなところについ……て……？」

アイツの仕業か。

俺は満面の笑みで春雨に話し掛けた。

「春雨さん、これはどういうことかな？」

「ア、アタシじゃないわよ失礼ね！　確かにいい議題だと思うけど？　それに決めたらいいんじゃないかしら。ア、アタシじゃないけど」

春雨は慌てて取り繕うと俺から視線を外す。

「却下」

俺はそう言うと『小湊のダメなところ』と書かれた紙をビリビリに破いた。それを見た春雨が勢いよく立ち上がる。

「ちょっと、アンタ何してんのよ！　人がせっかく真剣に考えたっていうのに！」

「やっぱりお前じゃないか」

「え？　あ、ええと……違うわよ……考えたのは……そう、あーちゃんよ！　あーちゃん！」

あーちゃんさんはただのパネルなわけですが。

俺は春雨にとびっきり上等の笑顔を向けると、無視して次の紙を引いた。

「はい次行きますね。えーと……ＡＰＥＣについて？」

「あ、それは私ね」

新井が嬉しそうに口を開いた。

「ＡＰＥＣってなんだっけ、確か、アジア太平洋何とか……だっけ？」

俺の質問に新井はすらすらと答える。

「ＡＰＥＣとはアジア太平洋経済協力の略称よ、小湊くん。Asia Pacific Economic Cooperationの頭文字を取ってＡＰＥＣ。加盟国は――」

俺は、嬉々として話しだす新井を制しながら言う。

「待った待った、ちょっと難しすぎないか？　最初はもう少しくだけた話題の方がいいと思うんだけど」

「あ、言われてみればそうかもしれないわね。ごめんなさい、ちょっと難しく考えすぎちゃったみたい」

しゅんとする新井。

「はい、それじゃ次いくぞー……」

俺が箱の中に手を入れると、べちゃ……という感触が指先に触れた。指先でまさぐってみると、大変良く濡れた何かが箱の中にあるらしい。

あー……これはアレだな、アレ。

俺は濡れた紙を摘みあげ、箱から取り出し開こうとした。だが、紙はびっしょりと湿っていて上手く開けない。何度も苦戦しながら折り目を探し開こうとするが、ついには破れてしまった。

紙山さんの方を見ると、大きな体を小さくしながら滝のような汗をかいている。

「……ごご……ごめんなさ……ああああせアセ汗で濡れてしまって……」

「いや……うん……大丈夫」

それから俺は、一枚ずつ取り出しては広げて読み上げるという作業を繰り返した。

集まった議題は以下の通り。

・小湊のキモイところについて

・ＡＰＥＣについて

・小湊からのストーカー被害について

・戦後の日本復興と経済政策について

・男（小湊）をこの世から抹消する方法について

・資本主義社会について

それと、濡れていて読めない紙が数枚。

俺は空になった箱を確認すると大きなため息をつきながら言った。

「えー……俺、帰っていいですかね……」

これに反応したのは春雨だ。

「だいたい、さっきから文句ばかり言ってるけど、アンタも議題を出したらどうなの？　まともな案が出せるなら出してみなさいよ！　議題を考えるの、意外と難しいんだからね！」

春雨の意見もごもっともである。何故（なぜ）なら、俺（おれ）は自分の書いた議題のメモを箱の中に入れていなかったのだ。

俺は自分のポケットからメモを取り出すと広げながら言った。

「いや、一応みんなの意見も聞いてから決めた方が良いのかなと思ってさ……俺は普通の案しか思いつかなかったから」

「ほら見なさい！　薄々（うすうす）分かってはいたけどアンタやっぱり使えないわね……使えない小湊ね……ツカエナミナトね」

「無理矢理（むりやり）略すな」

意気揚々（いきようよう）と得意気に俺に詰（つ）め寄（よ）る春雨。そんな春雨を横目に、紙山さんが興味深そうに質問する。

「そそそれで……小湊くんはどんな議題を書いたの？」

新井も興味深そうな顔をしている。俺は少し照れながら自分の書いた紙を読み上げた。

「まー……至って普通で恥ずかしいんだけどさ……『自己紹介』とか『好きな食べ物』『好きな教科』とか……こんなところだな」

流石に普通すぎて恥ずかしい。もっと他の案が思いつけば良かったのかもしれないけど、俺には思い浮かばなかったのだ。

俺が言い終わると、三人は沈黙に包まれた。

やっぱり不評だったかな。

俺が恥ずかしくてみんなから逸らしていた視線を戻すと、そこには、その手があったかー！　という顔をした女子二人と紙袋が一人。

みなさん、本当に思いつかなかったんですかね……？

俺はそう聞きたい気持ちをぐっと飲み込んだ。これで一先ずはツカエナミナト呼ばわりされることも無さそうだ。

■ 春雨さんは自己紹介をする

俺たち会話部の最初の活動、議題トーク。

最初の議題は俺の提案した『自己紹介』に決まった。

俺は教卓の前に立ったまま、俺の前に座る女子三人に向けて口を開く。

「それじゃあ、取り敢えずみんなで自己紹介をしようか、最初の議題としては無難だと思う。まずは俺からやってみるな」

三人は軽く拍手をして俺を見守っている。

自己紹介か。

自分で提案しておいてアレなのだが、俺は自己紹介みたいな改まったことが苦手なのだ。

入学式の日のホームルームでも、さんざん悩んだ挙句、結局話す内容が決まらなかったくらいだ。

しかし、今となってはそうも言ってはいられない。

俺は軽く咳払いをすると、みんなの方を向いて口を開いた。

「えーと……一年一組の小湊波人といいます。好きな教科は数学で……えー……好きな食べ物はカレーとハンバーグ……あとは……うーん……」

俺が詰まっていると新井が口を挟む。

「あ、小湊くんは数学が好きなんだ、凄いなぁ。私は数学って苦手だなぁ」

新井がうまい具合に合いの手を入れてくれたので、俺は内心新井に感謝しつつそれに応える。

「好きっていうか、五教科の中では一番得意ってだけなんだよね。それほど成績がいいわけじゃないよ」

感心する新井を横目に、ニヤニヤ笑いながら春雨が言う。

「アンタ、好きな食べ物なにそれ。カレーとハンバーグなんて、今どき小学生でも言わないわよ」

カレーとハンバーグのゴールデンコンビを馬鹿にされカチンときた俺は、ニヤニヤ笑っている春雨に言い返す。

「カレーとハンバーグを舐めるなよ。アイツらには普遍的な美味さがある。そういうお前は何が好きなんだ？」

俺が質問すると、春雨は突然顔を真っ赤にしながらあわあわしだした。

「ア、ア、アタシ？　アタシは……えーとえーと……お……お……おはぎ……じゃなかった！　あの……そう、パスタよパスタ……女子だしね！　あとはそうね……パフェも好きよ！　女子だし！」

今、最初におはぎって言ったよな。別に好きな食べ物くらい普通に言えば良いのに。おはぎが泣くぞ。

俺はあわあわしながら話す春雨をちょっとからかってやることにした。

「パスタにパフェか。パの付く食べ物が好きなんだな」

「そそそうよ！　パの付くものなら何でも好きよ！　パ……パ……パンも好きよ！　女子だし！」

「んじゃ、パンツも好きか」

「えぇそうね！　パンツも大好きで良く食……べ……」

言いかけてから、自分がとんでもないことを口走っていることに気が付き真っ赤な顔で固まる春雨。

俺は固まった春雨に言う。

「んじゃ次はパンツの好きな春雨さんの自己紹介、いってみようか」

そう言って、俺は教卓の前から離れると適当な席に腰を下ろした。

見たか春雨よ、カレーを笑うものはパンツに泣くのだ。

春雨は、あーちゃんさんのパネルを引っ張りながらとぼとぼと前に出ると、俺たちに背を向けたまま黒板の方を向きぼそぼそと話しだした。

「……あ、あ、天野春雨……クラスは一年二組で……苦手なものは男と……辛いものと……虫と……オバケと……」

春雨は、そこまで言うと黙り込んでしまった。そういえば、魔法少女のパネルと会話をしちゃうくらい、こいつも人と話すのが苦手なんだったっけ。

このまま俺たちの前に立たせておくのも忍びないと思った俺は、話すきっかけになりそうな質問を投げてやることにした。

「出来れば嫌いなものじゃなくて好きなものの方が嬉しいな。好きなこととか。あ、そうだ。今一番欲しいものとか、何かある？」

春雨の肩がピクンと震える。そして、黒板の方を向き俺たちに背を向けたまま震える声で続けた。

「ねぇあーちゃん……また男が話し掛けて来るんだけどキモイよね。アタシの好きなもの知りたいとか……ス……ストーカー？　って感じ」

やっぱり男の俺からじゃダメだったかな……。

俺が諦めかけたその時、春雨は、小さな体を震わせながらか細い声で続けた。

「それと、欲しいものとか聞いてどうするつもりなのかしらね……。アタシが欲しいものは……欲しいもの……欲しいものは……」

そう言いながらまた黙り込む春雨。ふいに紙山さんが、抑揚のおかしな声で話し掛ける。

「ほほホ欲しいもの……何かあるんですか……?」

春雨は俺たちに背中を向けたままぽつりと呟く。

「……ともだち……」

静かな部室に、春雨の小さな声が染み渡った。

春雨の背中は小刻みに震えている。背中がとても小さく見えた。コイツも紙山さんとはまた違う種類の恥ずかしがり屋なのだろう。職員室にこいつを連れて入った時の教師たちの視線が脳裏に浮かぶ。

俺が、なんと声を掛けたらいいか逡巡していると、春雨は小さな声で話を続けた。

「昔から、ともだちが欲しいなあ……なんて思ってたの……でも、アタシずっとともだちいなくって。人と上手くお話しもできないし……」

静かな部室に春雨の震える声だけが響く。

「一人じゃさみしいな……どうしようかな……って思ってた時にね……本屋さんに行った

ら、たまたまあーちゃんがいてね……」

春雨は魔法少女の等身大パネルを見つめながら尚も話を続ける。

「それで……その時、閃いたの。高校デビューするにはこれだ！　って。でも……でも……」

春雨はそう言うとまた黙り込み、小さな背中を震わせている。完全にデビューの方法を間違えている気がするのだが、俺の勘違いだろうか。

ふいに、紙山さんが椅子から立ち上がり春雨に近付いた。紙山さんもまた、緊張からなのか小刻みに震えている。

紙山さんは震える手を春雨の肩に手を置くと、湿った紙袋の中から震える声を出した。

「わわわ私たち……もう、同じ部員ですし……その……と、と、と……友達……です……ううん……友達……だよ……」

春雨は視線を下に落としたままゆっくりと振り返る。

「ふん……アタシはもうあーちゃんっていう友達がいるんだけど……二人目の友達にしてあげてもいいわよ……」

「はい……ありがとうございます！」

春雨の提案に、紙山さんはこれでもかというくらいの嬉しそうな声で返事をした。

紙山さんの嬉しそうな声を聞いた春雨は顔を上げ、紙山さんの顔……というか紙袋を見る。

「まったく……そんなに喜ばなくてもいいじゃな……って汗が汗が！　顔にいっぱいかかるんだけど！　口にも入っちゃったじゃない！」

紙山さんなりに勇気を振り絞ったのだろう。顔に被った紙袋からは、いつもの五割増しで汗が滴り落ちている。その汗が春雨の顔にぼたぼたと垂れたのだ。

「ごごごごゴメンなさっ……！」

「あーあ、もう、あなたハンカチ持ってる？」

「はい……一応……」

紙山さんは慌ててポケットをまさぐるとハンカチを取り出し春雨に渡す。

春雨は紙山さんからハンカチを受け取り顔に近付けると、何かに気が付いたように叫んだ。

「ありがと……って、これもびっしょりじゃない！」

「ごごごごめんなさ……！」

「まったく仕方ないわね……。今度からアタシがハンカチたくさん持ってきておくから。ホント仕方ないんだから」

口では嫌そうな春雨だが、顔は何だかんだで嬉しそうだった。

そんな二人のやり取りを眺めていると、ふと、紙山さんが俺の方を向いた。その視線は、私、がんばりました、と言っているように見えた。

俺は親指を立てて、よくやった！　という意思を込めたジェスチャーを返してやった。

紙袋に千切り取られた二つの穴からニッコリと微笑む二つの瞳が見える。嬉しそうな紙山さんを見ていると、俺まで嬉しくなってしまって口元が少しだけ綻んだ。

■　紙山さんはオシャレをする

　春雨の自己紹介が終わると、新井と紙山さんも自己紹介を済ませた。

　新井の方はつつがなく終わり、紙山さんも制服をこれでもかというくらいに濡らし、何度も言葉に詰まりながらも、なんとか自己紹介を成し遂げた。

　四人の自己紹介が終わったのとほぼ同時に、部室に取り付けられたスピーカーからチャイムが鳴った。ふと時計を見ると下校時刻になっている。気がつけば窓の外もオレンジ色の夕焼け空だ。

　新井が口を開く。

「今日はここで終わろっか。明日からもこんな感じで練習していけばいいよね」

「そうだな、それじゃ今日は解散してまたあし――」

　また明日。俺が言いかけたその時、春雨が勢いよく椅子から立ち上がった。

「ちょっと、まだ終わってないいんじゃない？　あの……その……ア、ア、アタシとの約束というか……」

「約束なんかしたっけ？」

「ひどい！　やっぱり詐欺だったの？　この……サギナト！」

何のことか分からない俺は素直に聞いた。

「いや、悪い、ちょっと分からないんだけど教えてもらえるか？」

「アンタ勧誘の時に言ったじゃない……部活の……帰りに……帰りに……」

勧誘の時、俺は何か言っただろうか。俺は、初めて春雨と会った時のことを思い出す。

確かあの時、俺は春雨の会話に無理やり混ざろうとして――

『そうそう、部活の帰りにはみんなでクレープ屋に行ってもいいと思ってる、そんなに堅苦しくない部活だしね』

　もしかしてこれのことか？　もしや、と思い春雨に質問する。

「クレープのこと？」

春雨は額に汗を滲ませながら、顔を真っ赤にして魔法少女のパネルの方を向く。

「ねぇあーちゃん、ちょっと聞いてよ。放課後にみんなで遊ぶなんて……アタシ、したことなかったから楽しみにしてたのに……。いきなり忘れるなんて酷いよね……」

　春雨はあーちゃんさんに向かって吐き出すと両手をぎゅっと握り、こちらに背を向けたまま立ち尽くした。その背中が、俺にはとても寂しそうに見えた。

なるほど、そういうことか。

会話が苦手で困っていたのは何も紙山さんだけではない。コイツもコイツで今まで苦労していたんだろう。普通にしていればそこそこかわいいのに、勿体ないやつだ。

俺は大げさにため息を吐くと春雨に言った。

「あー……それじゃ行くか、クレープ屋。確か、駅の近くにあったよな」

パネルの方を向いたまま春雨が反応する。

「……本当に……？」

「ああ、本当だ。今から行こうぜ」

「……うん！」

春雨はくるんと振り返ると、じゃれつく子犬のような笑顔で頷いた。

俺は新井と紙山さんにも同じ提案をする。

「二人もこれから大丈夫？　ちょっと寄って行こうか」

いいわよ、とにこにことした笑顔で頷く新井。

新井が頷くやいなや、春雨は右手で新井の手を掴み、左手で魔法少女のパネルを掴むと足早に教室を出て行ってしまった。よっぽど嬉しかったのだろう。

俺はそんな春雨の後ろ姿を目で追いながらつぶやいた。

「まったく……元気なんだか病気なんだか分からないやつだな」

　春雨たちの後を追いかけ教室を出ようとしたその時、ふと気になって後ろを振り返ると、そこにはその場から動こうとしない紙山さんの姿があった。

「紙山さん、どうしたの？　もしかして今日は都合悪い？」

　紙山さんはぷるぷると小刻みに紙袋を横に振る。

「ちがっ……ちがっ……ちがっ……！　違います……私も放課後に友達と遊ぶなんて初めてで！　あの……嬉しいなあ……って」

　紙山さんはそう言うと、紙袋を俺の方へと向けた。紙袋に開けられた穴からのぞいた瞳が本当に嬉しそうで、俺は少しだけドキリとしてしまった。

　そういえば、紙山さんも今まで友達とかいなかったんだっけ。俺は嬉しそうな紙山さんを促す。

「そっか、それは良かったよ。それじゃ俺たちも行こうぜ。早くしないと春雨のやつがうるさそうだからさ」

「ははは……はい……今すぐ準備します……！」

　準備？

　友達とクレープを食べに行くのに何か準備がいるのだろうか。気になった俺は質問を投げかける。

「紙山さん、準備って？」

紙山さんは俺の問いかけには答えず、代わりに突然その場でくるりと半回転し俺に背中を向けた。そして、両手を上にあげたかと思うと、頭に被ったビショビショの紙袋を物凄い速さで破り取る。紙袋の中から紙山さんの後頭部があらわになり、しっとりと濡れた黒髪が揺れる。肩口まで伸びた黒い髪に滴る汗。

そういえば、体育館裏でもこんなことがあったっけ。俺は、入学初日のことを思い出していた。

紙山さんは、ふー……と大きく息をつくと、自由になった頭をブルブルと振った。俺からは後頭部しか見えないが、左右に揺れる紙山さんの黒い髪がとても綺麗だった。左右に揺れる髪から汗が飛び散り、俺の顔にかかる。ほんのりとしょっぱい味が俺の舌先に触れた。

紙山さんは、手慣れた手付きでポケットからビニール袋を取り出すと、中から紙袋を出して被り直した。

それは、いつも被っている茶色で無地の紙袋ではなかった。かわいらしいくまのキャラクターが無数にプリントされた桜色の紙袋だった。

くま柄の紙袋を頭にすっぽりと被ると、流れるような手付きで目の所を千切り、俺の方へと向き直る。スカートの裾がふわりと舞い、弾力性のありそうな程よい太さの健康的なふとももが俺の目に飛び込んできた。

「よし、これで準備完了です！　この紙袋を持ってきていて良かったです！」

俺は念の為、質問をする。

「えーと……その、くまの紙袋はもしかして……オシャレ……かな？」

紙山さんは元気いっぱいに答えた。

「うん！　いつか友達と遊びに行く時の為にと思って準備してました。今日もちゃんと持ってきていて良かったぁ……」

人の数だけオシャレの形がある。

俺はそんなことを思いながら、くまのプリントされた紙袋を被り足取り軽い紙山さんと一緒に教室を出た。

ウキウキしすぎた紙山さんが、教室の扉をくぐるのを忘れて頭をぶつけたことは見なかったことにしてあげた。

KUMA
SAN

■紙山さんはクレープを選ぶ

食品サンプルが並べられたガラス張りのショーケースの前で春雨が言う。

「どれにしようかなー……こっちのチョコバナナもいいけど、カスタードプリンもいいしー……新井さんは決まった？」

「うーん、私はこっちのイチゴが入っているやつにアイスをトッピングしようかな。紙山さんはどれにする？」

新井の問いかけに、二人の間から紙袋をぬっとのぞかせている紙山さんが答える。

「ココこここっちの小豆と抹茶クリームのクレープもおいオイおい美味しそうだよデスですよね……！」

女子三人（それと魔法少女のパネルが一枚）は真剣に、それでいて楽しそうにクレープを選んでいる。

俺は、三人と一歩下がったところで、そんな三人の背中を見ていた。

ここは、学校の最寄り駅近くにある小さなクレープ屋の前である。

イートインのスペースはなく、注文を受けたり、商品を手渡したりする為の小さな窓があるだけだ。中には若い女性の店員が一人。カラフルなエプロンをつけて俺たちの注文を待っている。注文用の小窓の横にはガラスで出来たショーケースがあり、色とりどりの食品サンプルが所狭しと並べられている。

俺たちが通う学校の最寄り駅の側という好立地も相まって、ついさきほどまでは部活帰りの生徒でごった返していた。

……だが、それも俺たちが来るまでの話。

いつもとは違うかわいいくま柄の紙袋を被った紙山さんや、魔法少女のパネルを引き連れ、さらにはそのパネルに向かって延々と話し掛ける春雨を見た生徒たちは、一目散に駅へと向かって行ってしまった。

クレープ屋の中では、引きつった営業スマイルの女性店員がこちらを見ている。

ごめんよ、クレープ屋の人。

俺が心の中でクレープ屋の店員さんに謝っていると、三人はショーケースから離れた。どうやら注文が決まったらしい。

俺は、カバンから財布を取り出そうとしている新井に話し掛ける。

「注文決まったのか。どれにするんだ？」

「私はイチゴクレープにアイスをトッピングしようと思うよ。小湊くんは何にするの？」

新井に聞かれた俺は、そういえばクレープなんてもう何年も食べてないな、ということに気が付いた。ガラスのショーケースに顔を近づけて見てみるが、どれもピンと来ない。

「そうだなぁ、よく分からないから誰かと同じものでいいよ」

それを聞いた春雨は機嫌が悪そうに口を開く。

「主体性がない男ね……男ならメニューくらいビシッと決めなさいよ」

「そう言われてもクレープなんか食べるの久しぶりだしな。そうだ、お前と同じものにするよ」

「ア、ア、アタシと同じもの？」

何故か慌てる春雨。

「そんなに慌ててどうした？」

「だってそれって……同じものを二人で食べるってことは……か、か、間接キス……ってことでしょ……？　そんなのムリムリムリムリ！」

「いや、そうじゃな……」

春雨は顔を真っ赤にしながら一足先に注文窓に駆け込むと、早口で注文を済ませてしまった。

まったく、妄想力のたくましいやつだ。春雨が男を苦手なのって、そんなことばかり考えているからじゃないのかな。

困った俺は、隣にいた紙山さんに聞いてみることにした。

「紙山さんは何にしたの？　俺も同じものを頼もうと思うんだけど」

紙山さんはピクンと体を硬直させる。くま柄の紙袋から出た髪からぽたぽたと汗が落ち、足元のアスファルトの色がみるみる変わっていく。

「いや、そんなに緊張しなくていいから……。選んだメニューを指差して教えてくればいいからさ」

紙山さんは、ガチガチに緊張したままゆっくりと肘を垂直に曲げる。そして、肩幅の大きさに足を開くと深呼吸をひとつ。

「……こここここれにしました！」

紙山さんは顔を、というか紙袋を伏せながら店先のガラスのショーケースに並んだ食品サンプルの一つを勢い良く指した。

その瞬間。

ズドン！　という音とともに紙山さんの白くて長い指がガラスを突き破った。ガラス製のショーケースに、紙山さんの指を中心とした蜘蛛の巣状のひびが入る。

固まる店員さん。

笑顔を貼り付けたまま動かない新井。

見なかったことにしてあーちゃんさんと会話をする春雨。

ガラスに突き刺した指を抜き、がっくりとうなだれる紙山さん。

俺は固まっている店員さんに近付くと、申し訳なさそうに注文をした。

「すみません店員さん……この店で一番高いやつを下さい……」

俺の言葉で我に返った店員さんは、慌ててクレープを作り始めた。クレープ一つ注文するのにこの苦労なのか。

今度から、自分の注文は自分で決めよう。俺はそう心に誓った。

■ 紙山(かみやま)さんはクレープを食べる

俺たちはクレープ片手に近くの公園に来ていた。

俺の手には、通常の五倍の大きさの、各種フルーツと生クリームがこれでもかというくらいに盛られたスペシャルクレープが握られている。重量一・五キロ。値段も二千五百円とたいそうゴテ盛りだった。

俺は、フルーツの山の一番上に置かれたサクランボをつまみ上げると、口に放(ほう)り込んだ。

「……一番高いやつとは言ったが……まさかこんなものがメニューに存在するとは……。二千五百円は高過ぎるだろう……今月の小遣(こづか)いが……」

新井(あらい)は、落ち込む俺に気の毒そうに話し掛ける。

「そんなに気を落とさないで、小湊(こみなと)くん……」

俺はゴテ盛りクレープをもそりと一口かじる。

「新井……」

「サクランボ……好きじゃなかったんだよね……」

いや、うん。ええと、うん。何かちょっとズレてるけど、取り敢えずありがとう。

春雨も会話に入ってくる。

「どうしたの、アンタ？　あ、もしかして、そんなに食べられないとか？　もしよかったらアタシが食べてあげようか！」

俺は、もう何でも好きにしてくれ、と思いながら答える。

「あぁ……よかったら食べるか？」

俺は春雨に特大クレープを押し付けた。もともと甘いものがあまり得意ではないのだ。これだけの甘いものは、持っているだけで胃が重くなる。

春雨は目を輝かせて俺から特大クレープを受け取ると、すぐさまパクリとかじりついた。

「こんなに美味しいのに……」

しかし、ただでクレープをくれてやるのももったいないので、俺は少し春雨をからかってやることにした。

「ああ、俺にはちょっと多くて……あとはお前が食べてくれよ……俺の食べかけだけどさ」

食べかけ、というところをことさらに強調してやる。

春雨は、ボンと音がしそうなほど一瞬にして顔を真っ赤にしたかと思うと、突然、叫びながら駆け出した。

「あーちゃん！　アタシ……汚れちゃった……！　穢されちゃった！　やっぱり男ってキモイ！　汚い！　キタナミナト！」

それを見ていた新井が慌てて春雨を追いかける。

「待って春雨ちゃん！　小湊くんはほぼ毎日お風呂に入ってるはずだからそれほど汚くないと思うわ！　だから待って！」

俺は、最近気が付いたことがある。新井もやっぱり、少しおかしい。

ほぼとかそれほどとか、いったいどういう意味なのだろうか。

時々、突拍子もないことを言い出したり、殺っとくねとかさらっと言い出したり。優しくて責任感の強い優等生だと思っていたが、もっと別の、得体の知れない何かなんじゃないかな……。

俺は軽いショックと若干の恐怖を覚えながらも、まぁ何でもいいか、と思い直す。

遠ざかる二人を眺めながら隣に視線をやる。俺の隣には、美味しそうにクレープを食べる紙山さんがいた。

紙袋の裾から器用にクレープを差し込むと、ガサゴソと紙袋が動く。そして、紙袋から出てきたクレープにはかわいらしい歯形が付いていた。

器用に食べるもんだな。

俺は感心しながら紙山さんに質問する。

「紙山さん、クレープ美味しい？」

クレープに夢中だったのか、慌ててくま柄の紙袋をこちらに向ける紙山さん。

「ははははい！　おいしい……よ……」

紙袋からはみ出た髪の毛から、ぽたりと汗が落ちる。

「そっか」

俺はオレンジ色の空を見ながら、紙山さんに話し掛けた。

「今日は、初日の部活おつかれさま」

「……うん……小湊くんも……おつかれさま……でした……」

「よかったな、友達が増えてさ」

紙山さんは、うんうんと嬉しそうに紙袋を縦に振る。

「小湊くんと……新井さんのおかげだよ……ありがと……」

春の暖かい風が俺たちの間を通り抜け、散りかけの桜の花びらがはらはらと舞う。夕暮れの公園は、穏やかな春の空気に包まれていた。

「私もね……」

紙山さんが静かに口を開いた。

「私も……春雨ちゃんと同じで、こうやってみんなで部活をしたり……放課後甘いものを食べたりしてみたかったんだ……」

俺は黙って紙山さんの話を聞く。

「小湊くんと友達になってから……私、初めてのことがいっぱいで」

春風は尚も桜の花びらを運ぶ。

「まずね……友達ができたでしょ……。それに、部活もやったでしょ……。あと、クレープも食べたでしょ……」

紙山さんは、一つずつ確かめるようにこれまでのことを白くて長い指を一本ずつ畳みながら指折り数えた。俺は何だか気恥ずかしくなってしまって、遠くの方へと視線を向ける。公園の向こうの方では、叫びながら走る春雨を新井が追いかけている。

紙山さんはこれまでのことを一通り数え終わると、俺の方へ紙袋を向けた。

「だからね……小湊くん。これからもみんなでいっぱい色んなことをして……たたたたた楽しい高校生活に……したいな……なんて……」

楽しい高校生活か。

入学式当日に紙山さんにロックオンされて以来、一時はどうなることかと思っていた俺の高校生活。でも今は、まぁこんなのもいいか、と思える程度には毎日が充実しているような気がする。

「だめ……かな……小湊くん……」

「いや、だめじゃないよ。楽しい高校生活にしよ……う……な……」

俺は、そう言いながら紙山さんに視線を戻した。そこには、くま柄の紙袋に大量の桜の花びらを張り付けた紙山さんがいた。

風で舞った花びらが、汗で湿った紙袋に張り付いたらしい。

俺の顔を見て首をかしげる紙山さん。笑いを堪えながら俺は言う。

「いや、何でもないよ。その紙袋、春らしくて似合ってるよ」

桜の花びらでデコレートされた紙袋は、それはもうこの上なく春らしい。

紙山さんは、ピキンと音が聞こえてきそうなほどガチガチに固まると、髪や制服からぽたぽたと汗を滴らせる。そんな紙山さんを微笑ましく見ていた俺の目の前でまた一枚、はらはらと舞う桜の花びらが紙山さんの紙袋を彩った。

まぁ、こんな高校生活も悪くないか……。

春風に吹かれながら、俺はぼんやりとそんなことを考えていた。

紙山さんとゴールデンウィーク

■ 小湊波人は諦める

黒板の上に取り付けられたスピーカーから、四時限目の終了を告げるチャイムが鳴る。昼休みである。ここ一年一組の教室内は一気に騒がしくなり、生徒たちはそれぞれのグループに分かれ昼食をとり始めた。

俺も昼飯を食べようと自分の席で弁当を広げていると、前の席に座っていた紙山さんがぎこちなく振り返った。

「ここここ小湊くん……一緒に……ごごごご飯、食べっ……食べっ……たばッ！」

紙山さんは声にならない声を出しながら、両手で紙袋に包まれた口元を押さえのけ反った。なんとか顔だけはこちらに向ける紙山さんだったが、紙袋の口の辺りに薄らと赤い色が滲んでいる。血が出るほど壮絶に舌を噛んだらしい。

紙山さんはしばらく痛みに耐えた後、今度は舌を噛まないようにゆっくりと口を開いた。と言っても、その口は茶色の紙袋に隠されていて見えないのだけど。

「あいたたた……あ……あのね、小湊くん……一緒にご飯食べよ……？」

「ん、いいよ」

俺は自分の弁当を端に寄せ、机の上にスペースを作る。

紙山さんは、カバンからくまのキャラクターが描かれた小さな巾着袋を取り出し俺の机に置いた。

このくまのキャラクター。前に紙山さんがオシャレをした時に被った紙袋に描かれていたものと同じものだ。ひょっとして、このキャラが好きなのだろうか。俺がぼんやりとそんなことを考えていると、新井が俺たちの側に立っていた。

「私もご一緒していい？」

「ん、いいよ」

「はははは い……！　いいい一緒に食べますましょう！」

とまあ、これがここ最近の昼休みの光景だった。

四月も終わりに近付いた、とある平日の昼休み。

俺たちがいつものように三人で昼食をとっていると、一人の男子生徒が怯えた様子で近付いてきた。

「……あ、あのさ……教室の外に……なんつーか凄いのがいるんだけど……多分小湊くんに用事なんじゃないかな……」

「用事？　俺に？」

男子生徒はそれだけ告げると、まるで俺たちとは関わりを持ちたくないとでも言わんばかりのスピードで、足早に自分の席へと帰って行ってしまった。

誰だろう。俺は箸を置くと立ち上がり、教室の扉を開け廊下に出てみることにした。

そこには、こちらを見つめる魔法少女がいた。そして、魔法少女に向かって軽快な会話を繰り広げる女子の小さな背中が見えた。見えなければいいのに、見えた。

短いスカートに黒のニーソ。両サイドでくるんと束ねられた髪を弾ませ、大きめなサイズの淡いピンクのカーディガンをふわっと羽織った春雨だった。

「あはは、そういえばあーちゃん。今日の宿題やった？」

春雨は、これでもかと短くされたスカートの裾を揺らしながら魔法少女のパネルに話し掛ける。相手はただのパネルである。紙である。当然、返事が返ってくるはずもないのだが、どうやら春雨には何かが聞こえているらしく、一人で勝手に会話を続けている。

「そうかー、あーちゃん英語得意だもんね。アタシ、宿題忘れちゃってさ。ねえ、ちょっと見せてもらってもいい？」

こいつ、もし『いいよ』と返事がきたら何を見せてもらうつもりなのだろうか。他人事ながら心配になる。

春雨はそんな俺に気が付いた様子もなく、あーちゃんさんと会話を続ける。

「そうかー……やっぱり宿題は自分でやらなきゃダメだよね」

どうやら宿題は見せてもらえないことになったらしい。ある意味良かった。

廊下の向こうの方から数人の女生徒が楽しげに話しながらこちらに歩いて来たが、パネルに話し掛け続ける春雨の存在に気が付くと、今までの楽しそうな表情を一変させ、気の毒そうな視線を投げかけて去って行った。

俺は、これ以上俺たちのクラスの前でおかしな行動をとられてはたまらないと思い春雨の背中に声を掛けた。

「春雨じゃないか。こんな所で何やってんだ？」

春雨はビクンと肩を震わせたが、俺の存在を無視し、こちらに背中を向けたままあーちゃんさんとの会話を続ける。

「……アタシも部員なのに一人だけお昼誘ってもらえないなんてひどいと思わない？　やっぱりあーちゃんもそう思う？　きっとあの小湊の仕業よ……小湊め……いつか殺してやるんだから……」

そういえば、俺たち会話部の四人のうち、こいつだけクラスが違うんだっけ。

俺は、教室で一人ぽつんと昼飯を食べる春雨の姿を想像した。

壁に机をくっつけ、隣には魔法少女の等身大パネルを置き、一人であーちゃんさんに話し掛けながら昼食をとっている春雨の姿が頭に浮かぶ。……同時に、そんな春雨を怖がるクラスメイトたちの姿も浮かんでしまったのだが、そっちの方は忘れることにした。

春雨は魔法少女のパネルに向かい、小湊殺すを連呼している。このままここで俺への呪いを吐き続けられては公共の福祉に反する。

そう思った俺は、春雨を昼飯に誘ってやることにした。

「あー……ちょっとそこの春雨さん。よかったら俺たちと一緒に昼飯食べないか？」

春雨は、頭をパネルの方へ向けたまま、首から下、体だけをこちらに向ける。どうやったらそんな動きが出来るのだろう。これからホラー映画を撮る監督に教えてあげた方がいいんじゃなかろうか。

「あっ……あっ……あら、その声はコロミナトじゃない。どうしたの？　アタシに何か用？」

「混ざってるから……。いや、春雨さえよかったら一緒に昼飯どうかなと思ってさ。新井や紙山さんもいるし」

春雨は尚も頭は向こう、体だけはこちらという奇妙な格好で言う。

「ア、ア、アタシと？　何でアタシがアンタなんかとお昼ご飯を一緒に食べなきゃいけないのよ！」

そうか分かった元気でなまた部活でー、と早口かつ爽やかに告げて教室に戻ってもよかったのだが、それだとこいつはいつまでもここで俺への呪詛を吐き続け、また罪もない生徒が怯えながら俺を呼びに来ないとも限らない。

ここでくじけてはいけない。がんばれ俺。超がんばれ俺。

俺は春雨が気に入りそうな言葉を選んで優しく語り掛けた。

「いやー、そこを何とか。ご飯は大勢の友達と一緒に食べた方が美味しいだろ？　それに、俺は春雨と一緒にゴハンガタベタイナ」

最後の方は棒読みになっていたかも知れないが気にしないでおこう。春雨はその場で両手をわたわたさせながら嬉しそうな声を出した。

「こ、小湊が……アタシと？　しっ……ししし仕方ないわね……アンタがそこまで言うのなら食べてあげないことも」

春雨はそう言い終わらないうちに、あーちゃんさんの手を引いて嬉しそうに俺たちの教室に入って行った。よく見ると、既に手には弁当を持っている。なんだあいつ、最初からそのつもりだったのか。

春雨が俺たちのクラスに入った瞬間、一気にどよめき立つ教室。

俺は、春雨が等身大パネルと会話をしながらクラスに入った時のどよめきを廊下で聞いていた。クラスメイトたちの緊迫感が廊下まで伝わってくる。

クラスのどよめきを聞きながら、俺は誓った。今度からはこいつも誘おう。そして、出来れば別の場所で昼飯を食べよう。

俺も春雨の後を追い自分たちの机に戻る。新井も紙山さんも、笑顔と、多分笑顔だと思われる紙袋で春雨を迎え入れた。

四人分の弁当が並ぶ机を前に、新井が箸を持つ手を止めて口を開く。

「ねぇ、もうすぐ五月の連休だけど、私たち会話部も何か活動しない？」

俺は堪らず新井に言った。

「休みの日まで部活をやるのか？」

俺の問いに新井は平然と答える。

「ええ、別におかしなことじゃないと思うのよ。運動系の部活は日曜日だって練習してるでしょ？」

言われてみればその通り。だが、連休中まで部活とはこれまた面倒くさそうだ。そう思いながら横目でチラリと紙山さんや春雨を見ると、二人は新井の提案に目を輝かせていた。

三対一。多数決を採るまでもなく、俺は民主主義の前に敗北を喫した。俺は、弁当の卵焼きを雑につまみ上げると、勢いよく口に放り込んだ。

■紙山さんと春雨さんは困っている

「それで、ゴールデンウィークの会話部の活動なんだけど、何をやるのがいいのかしら」

昼休み。一年一組の教室の俺の席で、四人集まり昼食を食べ終えた新井が言う。

俺は少し考えると、思い付いたことをそのまま口にした。

「そうだなあ……普通、連休中の部活動といったら、折角の連休なんだから実戦を交えながら苦手なことを克服したり、逆に得意なことを強化するような特別メニューを組んだりするイメージかな」

「ににに苦手なこと……ですか……！」

苦手なこと、という単語を聞いた紙山さんの紙袋から出た髪の先から、ぽたぽたと汗が滴り落ち机の上に小さな染みを作った。

それを見た春雨はポケットから大量のハンカチを取り出す。そして、ぶつくさ文句を言いながらも、机に落ちた紙山さんの汗を拭いてやっている。いつかの約束通りハンカチを大量に持ち歩いているらしい。

俺は春雨の意外な一面に感心しながら、続きを話す。

「うん、苦手なことを実戦。俺たちで言うなら……そうだな、日常生活や対人関係の中で、困っていることを実際にやってみて、それを克服するって感じになるのかな」

俺たち会話部の表向きな活動内容は、会話の練習をすることで人とのコミュニケーションをより良いものにし、円滑な日常生活が送れるようにする、というものだ。俺のこの提案もあながち間違いではないだろう。

もっとも。紙山さんをまともにして俺への被害を最小限に食い止める、という裏の理由もあったりするのだが。

汗を拭き終えた春雨が言う。

「困ったことを克服かぁ……小湊もたまにはいいこと言うのね」

「たまにはが余計だけどありがとう。それで、三人は何か普段の生活で困っていることとかある？」

俺の質問に、春雨と紙山さんはまったく同じ動作で腕を組み考えるポーズをとる。そして、そのまま首を同じ方向にかしげながらしばらく考えると、同時に口を開いた。

「買い物……ですかね……」

「買い物……かしらね……」

意外な答えが返ってきて、俺は内心驚いた。

てっきり、学校生活や人付き合いに関することが出てくると思っていた俺は、意外な答えに驚いて質問を投げてみる。

「買い物の何が困るんだ？　特に困ることも無いと思うんだけど」

まず答えたのは春雨だ。

「……アンタ、何にも分かってないわね……。欲しいものが何処にあるか分からない時とか凄く困るわよ」

「普通に店員さんに聞けばいいだろ」

「これだからダミナトって言われるのよ」

春雨は大げさにため息をつく。

「言われてませんが」

「いい？　特にここ最近の店員さんて凄く不親切なのよ？　商品の場所とか全然教えてくれないんだから」

最近の店員が不親切になったなどと思ったことの無い俺は、春雨がどうやって探し物をするのか尋ねてみた。

「お前、普段探し物をする時、どうやって店員さんに聞いてるんだ？」

「至って普通よ。店員さんの側に行ってから、このあーちゃんと話をするのよ！　ねぇねぇあーちゃん、アレはドコにあるのかしらね、って。でも、振り向くと店員さんはいなくなってるのよね。不親切だわ」

　春雨はそう言うと、隣に置いてあった魔法少女が描かれた等身大のパネルをポンと叩いた。

　あぁ、そうだった。俺たちとは割と普通に話が出来るようになっていたから忘れかけていたが、普段はこのあーちゃんと名付けられたアニメキャラのパネルとしか話が出来ないんだっけ。

「まったくもって失礼な話よね……。だから探し物があっても見つけられなくて、買えなくて帰ってきちゃうこともあるの……」

　俺は呆れながら春雨に頷くと、紙山さんにも質問してみる。

「さいですか……んで、紙山さんもそんな感じ？」

「わわわ私ですか……？　私の場合は……もっと根本的というか……」

「根本的？」

　紙山さんは体を奇妙にくねらせながら、汗をぽたりと落とし言う。

「……あの……ええと……商品を手に取って見てると……濡れてしまうので……全部買い

取りに……」

「あぁ……うん……」

　確かに根本的だった。

「そそそれと……もう一つ……」

「まだあるの？」

「はい……『顔を隠したままでの入店はご遠慮ください』って言われて……お店に入れないこともよくあります……」

　コンビニなどに貼ってある、ヘルメットでの入店不可みたいなアレか。まさか、買い物をするというレベルにすら達していないとは思わなかった。

　そんな二人の話を聞いていた新井が口を開いた。

「それなら、連休中の会話部の活動は買い物の練習にしない？　みんなで街へ出て買い物の練習をしましょうよ」

　新井の提案を聞いた春雨は花が咲いたような笑顔になると、うんうんと頷いている。紙山さんが紙袋の中で嬉しそうに呟くのが聞こえた。

「お休みの日に友達と買い物かぁ……初めてだなぁ……」

　俺は、喜んでいる紙山さんに水を差す気にもなれず、次の連休に部の活動として買い物の練習へと行くことを渋々了承した。

■　新井(あらい)さんは私服を着る

五月の連休初日。

学校から一番近い大きな繁華街(はんかがい)のある駅で降りた俺は、改札を抜けると待ち合わせ場所に向かう。連休初日ということもあり、駅前は人でごった返していた。

俺は、人が大勢いる場所が苦手だった。どうしても人酔(ひとよ)いしてしまうのだ。

前から足早に歩いてくる人波を右に左にかき分け、後ろからの流れに逆らわないように懸命(けんめい)に歩く。時折、歩いている人とぶつかりそうになるのをとっさのところでかわしながら、駅の構内を抜けるころには、ほんの数百メートルしか歩いていないにも拘(かかわ)らずへとへとに疲(つか)れてしまっていた。

これは、今日の部活は先が思いやられるなぁ……。

早くも心が折れそうになりながら、俺は待ち合わせの場所に足を進める。

俺たちが待ち合わせの場所に選んだのは駅にある犬の銅像前だ。

この銅像。普段からみんなが待ち合わせに利用しているランドマーク的な場所になっていて、周辺はいつもたくさんの人で溢れている。今日は連休初日ということもあり、銅像に近づくにつれどんどん人の数は増えていく。

　ここまで、大勢の人波をかきわけながら懸命に歩いてきたが、俺はついに人の多さに酔ってしまい、気持ち悪さから歩く速度が遅くなる。気が付くと、待ち合わせの時間を五分ほど過ぎていた。

　遅れたら春雨に何て言われるか分からない。

　人に酔って気持ち悪いのを我慢しつつ銅像へと急いでいると、急に、ふっ……と人波が途絶えた。この先で何かあったのだろうか。

　俺は急に歩きやすくなった事を喜びながら、足早に銅像へとたどり着く。そして、この辺りだけ人がいなかった理由を知る。

「あーちゃんも一緒に行こうよ！　絶対あの映画面白いって。あーちゃんの好きな俳優も出てるみたいだよ！　あ、映画館に行ったらポップコーン買わなきゃよね！」

　楽しそうにアニメキャラの等身大パネルと会話をする春雨が、そこにいた。春雨は途切れることなくパネルに話し掛け続けている。

「ポップコーン買うならどっち派？　アタシはやっぱりキャラメルポップコーンかなー……でも、基本の塩味も押さえておきたいし！」

淡いピンクのカーディガンにチェック柄の短いプリーツスカートを穿き、黒ニーソとの間に生まれた絶対領域が眩しい。ぱっちりとした目にすらっとした鼻筋の整った顔立ち。小柄で、どこからどう見ても今時のモテ系女子なのだが、あいつは何であんなに残念なのだろう。

そしてもう一人。

魔法少女の等身大パネルに話し掛ける春雨の隣には紙山さんがいた。

大人しめなデザインのロングスカートを穿き、サマーセーターとデニム地のジャケットの着こなしがすらりとした長身に映える。体の前についたメロンのように大きな胸がサマーセーターを膨らませ、そこだけニットの網目が縦にも横にも伸びきっている。春らしいシンプルな薄緑色の紙袋の被りこなしは、この春のトレンドになるかもしれない。いや、なるワケがない。そしてもちろん、全身は汗でびっしょりと濡れている。

時はまさに世紀末だった。

そりゃ、この辺りだけ人がいないわけだ……。

俺は反射的に帰りかけたが、これも会話部の為。ひいては俺自身の為だと自分に言い聞かせ、二人に声を掛ける。

「わ……悪い。ちょっと遅れた。待たせちゃったかな」

紙山さんは、こちらに気付くと慌てて言う。

「あ、こここ小湊(こみなと)くん……！　ううん……全然待ってないナイないよ……私も今来たところだから……」

そう言いながら慌てて体の前で両手をパタパタと振った紙山さんの洋服からは、いつもより一段と激しく汗が垂れた。よく見ると、服も紙袋も、足元の地面に至るまで、いつも以上にびっしょりになっている。まるで紙山さんだけを狙(ねら)った超局地的(ちょうきょくちてき)なスコールが降ったと言われても信じてしまうだろう。

この汗の量だと三十分はここで待っていたな……。

俺に気が付いた春雨がパネルの方を向いたまま口を開く。

「お、お、遅かったわね！　てっきり……通りがかりの殺人鬼(さつじんき)に顔の皮でも剥(は)がされてるんじゃないかと思ってたけど、どうやら無事だったようね……少しだけ安心したわ……」

「発想が病気だ」

「だ、だ、だって……何があるか分からないじゃない？　し……心配してたのよ……？」

一応、心配してくれていたらしい。遅れたことには変わりないので、俺は素直(すなお)に謝(あやま)ることにした。

「遅れてごめんな。そういえば新井は？」

汗をかきながら紙山さんが答える。

「新井さん……まだ来てないみたい……です……」

紙山さんが言いかけたその時、人波の向こうから新井の声がする。

「ごめんなさい、何着ていくか迷ってちょっと遅れちゃって」

新井はそう言いながら俺たちの下に駆け寄った。ここまで走ってきたのか、はぁはぁと肩で息をしている。俺は、息を整えている新井を見ながら一つの質問を投げかけた。

「いや、遅れて来たのは俺もだし大丈夫なんだけど……でも、何で学校の制服を着てるんだ……？」

俺たちの目の前には、いつもと変わらぬ制服姿の新井がいた。呼吸が戻った新井はさらりと言う。

「うん？　これは私服よ？」

「私服？　これが？」

新井の服を上から下までよく見てみるが、どこからどう見ても学校指定の制服にしか見えない。俺の視線の意味を察したのか、新井が言う。

「あぁ、これは休日用の制服なの。普段着てるのは学校用の制服ね」

休日用の制服と聞こえた気がしたが、俺の耳がおかしくなったのだろうか。俺は質問を重ねた。

「えーとその……つまり……どういうこと？」

「んー、これは私服なのよ。制服と同じものを何着か持ってるの」

「えーと……なぜ？」

「なぜ？　……高校生……だから？」

何でそんなこと聞くのか分からないといった笑顔で答える新井。

うん、新井もやっぱり少しおかしい。

何を着ていくか迷ったってことは、何着かの同じ制服を前に悩んでいたってことだよな。

三人は、今日は何処に買い物に行こうかと相談をしている。俺は新井の姿を見ながらみんなに提案した。

「服を買いに行こう……制服じゃないやつを……」

■紙山(かみやま)さんは秘策を用意している

俺たち四人と一枚のパネルは連休中の人でごった返す繁華街を歩き、若い女の子向けの服屋を探した。これだけ大勢の人で溢れているというのに、俺たちが悠々(ゆうゆう)と街を歩くことが出来た理由は分からない。いや、本当に分からない。分からないということにしておいてくれると、俺が助かる。

しばらく街を歩いた俺たちは、やがて一軒(けん)の服屋を見つけ店先で立ち止まった。ガラス越(ご)しに店内を覗(のぞ)くと、俺たちと同年代くらいの若い女の子のグループが数組、楽しそうに服を選んでいる。俺は店の前で止まると、みんなの方を向いた。

「この店なんかいいんじゃないかな」

春雨(はるさめ)は店内を見ると、険しい顔でごくりとツバを飲み込んだ。

「……これは、強敵ね……」

服屋を表す言葉に強敵とはいったい。

「強敵って……。いったい何が強敵なんだ?」

「だ、だ、だって見てみなさいよ……中……」

俺は言われるがままに店内を見る。外の光が差し込む明るい店内では、数組の若い女の子のグループが楽しそうに服を見ている。洒落た格好をした女の店員さんが、お客さんに向かいにこやかに服を勧めている。店先に飾られたセール品を見る限り、値段だってそれほど高くはなさそうだ。

「別に、普通の服屋だろ。センスが好みじゃないとかそういうことか？」

春雨は俯くとぼそりと呟く。

「……だって……あそこ見てよ。男の店員さんがいる……」

俺は改めて店内を見ると、接客中の店員さんの中には男の姿もあった。

「お前なあ……。まぁ、今日はそういうのを練習する為に来たんだろ？　取り敢えずはがんばってみようぜ」

「そ、そっか……そうよね、練習だものね。部活動として来ているのだし……練習……練習……」

不安そうな顔で練習練習と繰り返す春雨を元気付けようと、俺は出来るだけ明るい声で言う。

「ああ、練習だ。もしもの時は助けに行くからさ」

「あ、あ、ありがと……そうよね……ちゃんと買い物出来ないとよね。あーちゃんとだけじゃなくって、店員さんとか、服とか棚とかとも話せるようにならないと困るわよね……」

いや、そうだけどそうじゃない。

けどまあ、最初は黙って見ているか。俺は春雨から紙山さんへと視線を移した。

「紙山さんは大丈夫そう?」

俺は、きっと紙山さんも不安で大汗をかいているだろうなと思い声を掛けると、紙山さんは肩にかけた小さな白いバッグをガサゴソと漁りだした。

「ええええぇとですね……今日の為に準備してきたものが……あああるんだよ……」

紙山さんはそう言いながら、カバンから一枚の紙袋を取り出した。そして、誰にも顔が見えないように隅っこの方でしゃがみこむと、今被っている紙袋を素早く取り、さっき取り出した方の紙袋を被る。

新しい紙袋を被り終えた紙山さんは、立ち上がり、俺たちの方を振り返る。

「じゃ……じゃーん……こここれで……どうでしょう……」

こちらを向いた紙山さんを見た俺は言葉を失った。

紙山さんの紙袋には、小さい子供が落書きで描いたような女の子の顔が描かれていた。

いつもは乱雑に千切り取られている目出し穴も、女の子の目の部分に合わせハサミか何かできちんと切り取られている。

「紙山さん……それ……」

「うん……今日は練習だから準備してきたんです！　でも、なかなか上手く描けなくて……何度も描き直しました……！」

こいつら、努力の方向が大幅に間違っている。

俺がなんて声を掛けたものか迷っていると、隣にいた新井が紙山さんの手を握り、いつものにこにことした笑顔で言う。

「紙山さん！　すっごくかわいい！　それなら大丈夫だよ、うんうん！」

出た、新井の根拠の無い大丈夫。

かわいいと言われた紙山さんは、いつものように汗をかきながら不器用にお礼を言う。

春雨も紙山さんに声を掛ける。

「へ、へぇー……がんばったじゃない紙山さん……ホントに凄いわね。アタシもがんばらなきゃ。今日は練習だから、あーちゃんはここに置いていかないといけないわよね……でも、どうしよう……」

春雨はしばらく考え込んだ後、何かを閃いたのか右手をポンと打った。

「そうだ！　アタシ、いいこと思いついたんだけど……紙山さん……協力してくれる……？」

何だろう。あまりいい予感はしない。むしろ嫌な予感まですする。

だが、ここは我慢だ。彼女らは彼女らなりに精一杯なのだ、多分。いざとなれば俺が助けに行けばいいし、まずは好きなようにやらせてみよう。

俺が見守る中、紙山さんは紙袋の裾からはみ出た髪からぽたりと汗を垂らすと、両手を体の前でぎゅっと握り、元気よく言った。

「はい！　私に出来ることなら……がんばってみる！」

「ありがとう、紙山さん！　みんなでがんばろうね！」

「はははははい！　……がんばりますましょう！」

せっかく二人がやる気になっているのだ。もしもの時は新井もいることだし、しばらくは見守っていよう。だけど、買い物ってこんなに意気込んでやるものだったっけ？

俺がそんなことを考えていると、ふいに女子三人の大きな声が人でごった返す繁華街に響く。

「会話部！　ファイオー！」

三人は店の前で円陣を組んでいた。通行人がこちらをチラリと眺めては、見てはいけないものを見たかのように視線を逸らす。

円陣から離れた春雨が俺の方へと向き直り、言った。

「……あのね……アンタと新井さんで先に入っててもらえない？　アタシと紙山さんは後から行くから……ちょっと試したいことがあって……」

さっき紙山さんに協力を頼んでいた件だろうか。

俺は、分かった、とだけ言うと、新井と一緒に店内に入った。こいつが何を思いついたのかは分からないが、何事も練習だよな、多分。

■春雨さんはTシャツを選ぶ

「いらっしゃいませー」

俺と新井が店内に入ると、店員の明るいあいさつが聞こえてきた。俺たちは、近くにあった陳列棚を適当に物色しながら二人の入店を待つ。すると、近くで商品整理をしていた若い男の店員さんから声を掛けられた。

「何かお探し物はございますか？　もしよかったら試着も出来ますよ」

いや特に、と俺が言おうとすると、隣でスカートを見ていた新井が口を開いた。

「あ、丁度良かったです。すみません、制服はありますか？」

「せいふ……く……ですか……？」

「はい、休日用の制服なんですけど」

店員は無言の笑顔のまま俺の方を向くと、視線だけで、ドウイウコトデスカ？　と訴えかけてきた。俺は、そりゃ意味分からないよなぁと思いつつ、返事をする。

「あぁえっと……取り敢えず色々見てみるので、何かあったらまた声を掛けますね」

「わ、分かりました、何かあれば声を掛けて下さい」

店員さんはそう言うと、そそくさと俺たちから離れていった。新井の私服を選ぶことも今日の目的の一つだが、それよりも今は二人の入店を待たないといけない。

俺と新井が棚に視線を戻すと、再び店員さんのあいさつが聞こえてきた。

「いらっしゃ……い……ま……」

俺が店の入口へと視線を向けると、そこには、女の子の顔が描かれた紙袋を被った、長身でずぶ濡れの紙山さんが立っていた。

一気にざわめく店内。客も店員も、店内にいた者全員が、突如入店してきた異形の者に注目している。

紙山さんは機械のように首だけを左右に振り店内を確認すると、右手と右足を同時に出すぎこちない歩き方で店内を歩き始めた。歩いた跡は濡れた何かを引きずったかのように無数の水滴が付いている。そして、しばらく店内を歩くと、Ｔシャツの棚の前で足を止めた。

そういえば、春雨の姿が見えないがあいつはどこに行ったのだろう。俺がそんなことを考えていると、さっきの男性店員が引きつった笑顔で紙山さんに話し掛けた。

「あー……ええと……何かお探し物はございま」

店員が言い終わらないうちに、紙山さんの背中の方から声がする。

「うわぁ見て見て！　これ、超かわいくない？　でも、アタシもう少し明るい色の方がいいかな。あ、やっぱりあーちゃんもそう思う？　だよねだよね！」

春雨の声だ。

どうやら、紙山さんの背中にぴったり張り付いていたらしい。見て見て、と言っていたけど、おそらくは紙山さんの背中しか見えていないだろう。これが、あいつが思いついた『いいこと』だったとは。相手の顔を見なければ恥ずかしくない、ということなのだろうか。

春雨は紙山さんの背中に顔をぴったりと張り付けたまま続ける。

「あ、あ、明るい色のTシャツ……が……あーちゃんには似合う……じゃなかった。欲しいなあと思うんですが……思うんですが……どこかにないかしら……」

店員さんは、突然あらぬ方向から聞こえた声にビクッとしたが、慌てて棚を見回すと一枚のTシャツを手に取った。

「……コチラなど春らしくて明るい黄色ですよ。黄色は今年の流行色ですしお勧めかと思いますが……」

春雨は尚も紙山さんの背中に顔をくっつけたまま言う。

「そ、そ、そうね！　それはとても良いわね！　それ一枚買おうっと！」

そう言いながら、紙山さんの背後からにょきっと手を伸ばす春雨。紙山さんの体と腕の間から突然現れた三本目の手に店員さんは驚きつつも、その手にＴシャツを渡し、アリガトウゴザイマス、と言って去って行った。

春雨は手渡されたＴシャツを顔の前に手繰り寄せ確認すると、少し残念そうな顔をした。どうやら気に入らなかったらしい。

俺は大きなため息を吐きながら二人に近寄り声を掛ける。

「それ、あんまり気に入らなかったんだろ？　どんなのがいいんだ？」

俺の存在に気付いた春雨は、紙山さんの後ろで肩を落としながら言う。

「あ……小湊。……あ、あのね……あのね。このＴシャツ……デザインは好きなんだけど、黄色よりピンクの方がいいかなって……思って……」

俺は、春雨が持っていたＴシャツを棚に戻すと、代わりに同じ柄のピンクのＴシャツを取り手渡してやる。普段からピンクのカーディガンを羽織っているし、春雨はピンクが好きなのだろう。

「これでいいか？」

「うん……あのね、小湊。アタシ……紙山さんの背中に顔をくっつけていれば大丈夫かな……って思ったの……。でも、あんまり上手くいかなかったみたい……。練習、失敗だったかな……」

春雨はそう言いながら残念そうに肩を落とす。俺は、そんな春雨に優しく声を掛けた。

「そんなことないだろ。あーちゃんさんがいなくても、ちゃんと欲しいものが選べたじゃないか」

「あ……うん……このTシャツ、小湊が取ってくれたのよね……。あーちゃんがいなくても、小湊がいれば買い物出来るってことなのかな……。い、一応お礼を言っとくわ……。あの……その……どうもありがと……大事に着るね」

春雨はそう言うと、ピンクのTシャツを胸にぎゅっと抱いた。

俺たちのやり取りを隣で見ていた新井が、春雨に声を掛けた。

「春雨ちゃん、お疲れさま！　気に入ったのが選べたなら先鋒戦は私たち会話部の勝ちだね！」

紙山さんもそれに続く。

「春雨ちゃん……がんばってたよ……！　買い物ちゃんと出来て凄いなあ……」

春雨は照れくさくなったのか、顔を真っ赤にすると言った。

「と、と、当然よ！　次は紙山さんの番だからね！　応援してるからがんばりなさいよ！」

君たち、これ、部活の試合じゃなくて買い物だからね。ショッピングだからね。先鋒戦もなければ大将戦もないからね。

俺はそう言いたい気持ちをぐっと抑(おさ)え、初戦の勝利に喜ぶ三人の女子を眺めていた。

■　紙山さんはパーカーを選ぶ

「つ……次は私が行ってきます……！」

そう言って歩きだした紙山さんを、俺は呼び止めた。

「あ、紙山さん、ちょっと待って。これ持ってきてみたんだけど、よかったら使ってみる？」

俺はポケットから青いビニール製のゴム手袋を取り出すと、紙山さんに手渡した。俺が渡したのは、風呂掃除をする時に使うような、厚手で肘の辺りまで隠れる長いゴム手袋だ。

「これなら、商品を濡らさずに見られるだろ？」

「小湊くん……！　ああああありがとう……私、がんばってみる！」

紙山さんは嬉しそうにゴム手袋を受け取り、ビシッと両手に装着する。そして、そのまま店内を見て回る為にゆっくりと歩き出した。

ゴム手袋をつけていれば、汗で商品が濡れてしまうのは防げるはずだ。俺は、そう思いながら紙山さんの背中を見送った。隣では、春雨や新井が小声で、がんばって、と声援を投げ掛けている。

入店拒否をされることもなく、無事（？）入店には成功した。後は、商品を濡らさずに見ることが出来れば、紙山さんの問題は解決する。その為の厚手のゴム手袋だ。ゴム手袋を着けていれば商品は濡れない。濡れなければ、紙山さんが自由に商品を手に取り、好きなものを選ぶことが出来る。俺はそう思っていた。

だが、直ぐに俺の判断は誤りだったことに気が付く。

確かにゴム手袋を着けていれば商品は濡れない。濡れはしないのだが、全身ずぶ濡れで頭には少女漫画のような女の子の顔が描かれた紙袋を被った紙山さんに、長いゴム手袋というオプションをプラスしてしまったことでより異様さが増し、更に近寄り難い雰囲気になってしまっている。まるで、謎解き系ホラーアクションゲームに出てくる中ボスのような姿になってしまった。

明るい服屋の店内には、洒落た服装の店員さん。客である数組の女の子のグループ。そして、長身でずぶ濡れ、頭には少女漫画のような女の子の顔が描かれた紙袋を被り、両手には肘まである青いゴム手袋をした女子高生の紙山さん。

店員さんや客の女の子たちは、紙山さんの移動に合わせ、それを避けるように移動しているではないか。

これは失敗だったか……。

俺がそう思っていると、店内を歩いていた紙山さんはパーカーが飾られた棚の前で足を止めた。そして、ゴム手袋を装着した手で一枚のパーカーを掴むと、体の前で広げている。俺たちが見守っていると、ふと紙山さんはこちらを向き、こくこくと何度か頷いてみせた。

その姿は、商品を濡らさずに手に取ることには成功したよ！　と言っているようだった。

俺は気を取り直すと、よかったな、という意思を込めて頷き返す。

紙山さんは続けざまに数枚のパーカーを広げては、あれこれ迷っている様子だ。どうやらパーカーを買うらしい。

やがて、広げた中から気に入ったらしき数枚を手に店内の奥の方にある鏡の前に行き、体の前で合わせ似合うかどうかを確かめている。

俺と新井と春雨は、固唾を飲んで紙山さんの背中を見守っていた。店員さんや客の女の子たちも、俺たちとは別の意味で紙山さんの動向を見守っている。

ゴム手袋で手からの汗は防げているが、紙袋からはみ出した髪やロングスカートの裾からは、今もぽたぽたと汗が滴り落ち、大きな鏡の前の床に小さな水滴をいくつも落としている。

紙山さんは何枚かのパーカーを体の前で合わせて鏡で確認すると徐々に候補を絞ってい

き、最後には白い薄手(うすで)のパーカーに決めたようだ。

これでやっと買い物が出来そうだな。

俺たちが安心していると、紙山さんは何かに気付いたように白いパーカーのタグを確認し、店員さんを呼んだ。

「す……すすすみません……！」

恐(おそ)る恐る紙山さんの背中に近付き声を掛ける店員さん。

「はい……殺さないでくだどうしましたか……？」

紙山さんは店員さんの方へくるんと振り返(かえ)ると言った。

「あああああの……！　これのＬＬサイズはありますか？」

「ああはい……倉庫にありますからお持ちしま……ひいっ！」

振り返った紙山さんを見た店員さんは、悲鳴を上げその場にぺたんと尻餅(しりもち)をついた。紙山さんはパーカーを手に持ったまま、何が起きたのか分からない様子で紙袋をかしげている。

俺は見た、紙山さんの紙袋を。紙袋に描かれた少女の顔を。

その目や口を彩(いろど)っていたカラフルな塗料(とりょう)が、汗(あせ)でドロドロに溶(と)けている。目の端(はし)や口の端から、まるで血涙(ちなみだ)や吐血(とけつ)のようにだらりと垂れる真っ赤な塗料。少女漫画のお姫様(ひめさま)のようだった顔が、今ではすっかり呪いのマスクのようになってしまっている。しかも、溶けているのは塗料だけではなかった。紙袋全体もまた汗で溶けかけており、顔全体が地獄で溶けかかっている少女の悪霊のようになってしまっていた。

　このままの姿でホラー映画の主役を張れるんじゃないかな、しかも、結構人気が出るやつを……。

　俺がそんなことを考えていると、紙山さんの前で尻餅をつき震えていた店員さんが声を裏返らせながら叫んだ。

「……い……今すぐお持ちします！」

　店員さんはがたがたと震えながら、四つん這いでバックヤードに駆け込んでしまった。

　店内の誰もが紙山さんに注目する中、俺は紙山さんに近寄り、尋ねた。

「紙山さん……その絵、画材は何で描いたの……？」

「あ……あの……絵の具……ですけど……？」

　俺は、気が付いてない紙山さんに、鏡で顔を見るよう促した。

「顔、すごいことになってるよ……」

「え……？　きゃあああ！　あの、あの、選ぶのに夢中で……体しか見てませんでした……」

「……そうか……」

「……うん……」

隣でしょんぼりしている紙山さんの背中をぽんと叩くと、俺は、震える店員さんが持ってきてくれた白のパーカーを受け取り、一緒にレジへと向かう。

紙山さんが財布からびしょびしょの千円札を数枚出してレジ係の店員さんに渡し、代わりにパーカーを受け取った頃には、俺はすっかり疲弊しきっていた。

■ 新井さんは私服を選ぶ

紙山さんと春雨。色々あったけど、一応目当てのものを買うことには成功した。俺は紙山さんに、トイレで紙袋をかぶり直して来るように言うと、新井の方を向く。

「さて……後は新井だけだな……」

俺が死んだ目で新井を見ると、新井はいつものにこにことした笑顔で言った。

「んー……私、正直ファッションとかよく分からなくって。春雨ちゃんはオシャレな格好してるよね」

「ア、ア、アタシ？　そ……そうね！　一応詳しいわよ……ファッション誌も毎月読んでるし……。いつ服が好きな友達が出来てもいいように、情報だけは常に最新にしておきたかったから……」

顔を真っ赤にしながら春雨が答える。それを聞いた新井は春雨の手を握ると言った。

「わあ、よかったぁ！　それなら、私の服は春雨ちゃんに選んでもらおうかな」

「ごめん、ちょっといいか？」

俺は、二人に店内を見るよう促した。

店内では、すっかり怯えた様子の店員さんと客の女の子たちが、店の隅っこに固まってこちらの動向を窺っている。

俺は、そんな怯えた人々から新井に視線を戻すと、真剣な顔で告げた。

「新井は人と話すのは普通に出来るんだからさ、いっそのこと店員さんに全部お任せしてみたらどうかな」

春雨に任せたらどうなるか分からない。この店にこれ以上迷惑をかけるわけにもいかないので、それならいっそ全てお任せしてしまった方がいいと俺は判断した。

「ちょっと、どういうことよ小湊！　アタシのセンスが信用出来ないって言うの？」

俺は食ってかかる春雨に説明する。

「お前のセンスを信用してないわけじゃないよ。ただ、今日はちょっと疲れただろ？　それに、今日は各自苦手なことを克服する練習だからな。お前が手伝ったら新井の練習にならないんじゃないかと思ってさ」

また口から出任せを言ってしまった。だが、春雨はそれに納得すると、近くに置いてあった椅子に腰掛けながら言う。

「……そうね……確かに今日は疲れちゃったかも……。アンタがそう言うなら、休ませて貰おう……かな……。なんだ……案外いいとこあるじゃない、小湊も……」

「ああ、後は新井に任せよう」

春雨を制することに成功した俺は、隅っこで固まっている店員さんに近付くと新井を差し出す。

「すみません。あ、あの、もう大丈夫です……あ、いや……そんなに怯えないでください、すみません。ホントすみません。あのですね……この子に似合いそうな服を一式見繕って貰えませんか？」

俺はそう言うと新井を店員さんに託し、トイレから戻ってきた紙山さんと春雨を連れ店の外に出た。

三十分は経っただろうか。店内から、ありがとうございました、と言う店員さんの声が聞こえたかと思うと、そこには今どきの洒落た格好に変身した新井が照れくさそうに立っていた。

俺たちの方を見てはにかみながら新井が言う。

「えへへ……ど、どうかな……？」

俺は素直な感想を口にする。

「よく似合ってるな。今度から、休みの日は制服じゃなくてそういう格好をした方がいいと思うよ」

　紙山さんと春雨も、口々にかわいいと連呼している。

「そっか……ありがと、みんな」

　新井は嬉しそうに笑う。俺もつられて笑ってしまう。

「これで……」

　はにかんでいた新井は急に真剣な表情になると、握ったこぶしを天高く掲げ、高らかに宣言した。

「これで……会話部の完全勝利ね！」

　通行人が突然叫んだ新井を見る。紙山さんと春雨もこぶしを掲げ、部活の成功を喜んでいる。

　買い物の勝ち負けとはいったい。

　俺が三人を呆然と見つめていると、新井が俺に声を掛けた。

「小湊くんは一緒にやらないの？」

「そうよ！　アンタも部員でしょ？　勝ったんだから一緒に喜びなさい」

　と春雨も続く。

「いや、俺は遠慮しておく……というかさせてくださいお願いします」

「何言ってんのよ、嬉しくないの？　せっかくまともに買い物出来たのよ？」

俺と春雨が言い合いをしていると、紙山さんが、向かいにあった文房具屋を指差しながら言った。

「あの……あっちの服屋さん……じゃなかった……文房具屋さんにも行きたいんだけど……いいかな……？」

もしかして、と思った俺は聞いてみた。

「紙山さん……今、文房具屋と服屋を間違えたけど……紙袋買いたいの？」

「……うん……折角だからオシャレな袋も欲しいなあって思って……」

そうか。紙山さんの中では、紙袋は服なのか。そうかそうか。そうか……。

こうして俺たちは文房具屋にも寄り、紙袋を買って駅へと向かった。

文房具屋でも色んなことがあったけど、全部話すと俺の頭がどうにかなりそうなので省略することにする。いや、させてくださいお願いします。

■紙山さんはシールを貼る

　なんとか三人とも服を買うことに成功し、目的を果たした俺たちは駅にいた。気が付けば日は暮れかかり夕方になっている。

　人でごった返している駅前の広場で、今時の女の子らしいかわいい私服に変身した新井が手を振りながら言う。

「それじゃ、私はあっちの路線の電車だからここでサヨナラだね。また、学校でね」

　それを聞いた春雨が慌てて口を開く。

「新井さんもあっちの路線なの？　アタシも同じなんだけど……その……一緒に帰らない？」

「春雨ちゃんも同じ方向なんだ。いいよ、一緒に帰ろっか。それじゃ、また学校でね、小湊くん、紙山さん」

　いつものにこにことした笑顔で新井は言うと、春雨と、そして春雨に連れられた等身大のパネルの魔法少女とともに人波の中に消えていった……かと思ったが、人波がまるでモーゼの十戒のように割れるので、二人と一枚は何とも歩きやすそうだった。

　残された俺は紙山さんに帰りの方向を聞いてみる。

「紙山さんはどっち方面の電車？　もし同じなら一緒に帰るか」

「わわわわ私は……えっと……バスで来たから……」

　紙山さんはそう言うと、バス乗り場の方へ顔を、というか紙袋を向けた。さっき文房具屋で買った真新しい紙袋だ。

「そっか。それじゃここで解散にするか。また学校でな」

「うん……また学校で……。あ、あのね……小湊くん……」

　紙山さんはそう言うと、ぺこりと頭を下げる。そして、紙袋の中から嬉しそうな声を出した。

「……今日は……一緒に買い物の練習に付き合ってくれてありがとう……」

　ありがとう、か。

　これは部活動の一環だ。お礼を言われるようなことは何もしていない。それに何より、こうして改まってお礼を言われると気恥ずかしくなってしまう。

　紙山さんは嬉しそうに続ける。

「小湊くんがいなかったら、私……今日だってちゃんと買い物出来てなかったと思うんだ……。それに、こうしてお休みの日に友達と買い物するのも初めてで。だから、今日は本当に楽しかったよ……ありがとう」

紙山さんはそう言いながらにっこりと微笑(ほほえ)んだ。いや、紙袋ごしだから表情は分からないんだけど、多分そんな気がした。

「そ、それじゃ私バスで帰るね……また、学校で……」

そう言って背中を向ける紙山さんを、俺は呼び止めた。

「そうだ、ちょっと待って」

紙山さんはくるんと振り返ると、こちらを向き紙袋をかしげている。

俺はさっき文房具屋で買った包みの中から、小さなシート状のものを取り出すと紙山さんに手渡した。

「これ、よかったら要(い)る？」

頭の上からはてなマークを出しながら、それを受け取る紙山さん。そして、手渡されたものを見ると、紙袋の内側から嬉しそうな声が聞こえてきた。

「これ……！　いいいい、いいの？　本当に？」

いいよ、と頷(うなず)く俺。

紙山さんは、俺が渡したものを嬉しそうに見ている。

俺が紙山さんに渡したもの。それは、くまのキャラクターのシールセットだった。

先日、紙山さんがオシャレをした時に被（かぶ）っていた紙袋。その紙袋にプリントされていたのと同じくまのキャラクターシールが、小さなシート状の紙の上に何枚か並んでいる。

紙山さんが文房具屋で紙袋を見ている時、見るともなく見ていた売り場でこのシールセットを発見し、俺は思わず手に取ると、気が付けばレジに並んでいた。

このシールを見た時に、紙山さんのまだ一度も見たことがない笑顔が脳裏（のうり）に浮（う）かんだからかもしれない。

嬉しそうにシールを持つ紙山さん。紙袋に開けられた穴から覗（のぞ）く瞳（ひとみ）が　まるで小さな子供のようにキラキラと輝（かがや）いているのが見えた。

これだけ喜んでくれると、思わず俺まで嬉しくなってしまう。でも、いったいどんな顔で喜んでいるのだろう。俺は、紙山さんの笑顔が見てみたいな、と少しだけ思った。

「小湊くん、ありがとう……！　わたっわたっ……私、このキャラ好きなんです！　大事にするね……！」

「いいよいいよ、たまたま見つけただけだし。そんなにお礼言わなくてもいいって」

俺は右手を顔の前でぱたぱたと振る。それを見た紙山さんも、慌てて紙袋を横に振る。

「ううん！　私も……あの……いつかお返しするね……！」

「あー、それじゃいつかね。でも、ジュースの時みたいなのは勘弁してくれよ」

「ああああああの時はごめんね！　あ……そうだ。さっそく一枚貼ってもいい……かな……？」

「いいけど……こんなところで何に貼るの？」

俺が質問をすると、紙山さんはシールを一枚剥がし頭の上の方に持っていく。そして、被っている紙袋に貼り付け俺の方を見た。

「に……似合う……かな？」

似合うとか似合わないとかの問題なのだろうか。

俺は人で溢れる駅前で、ファッションとは何かについて考えたが答えは出なかった。でも、紙山さんがとても嬉しそうだったので、肯定することにした。

「ああ、とっても似合ってるよ」

「えへへ……ありがと……それじゃまた、学校で……。今日は本当にありがとうね」

紙山さんはそう言いながら頭をぺこりと下げ、バス乗り場へと小走りに駆けて行った。

シールを貼る場所がそこで良かったのかどうかは甚だ疑問なのだが、本人が喜んでいるようなので、まぁいいのだろう。着たいものを着て、貼りたいシールを貼るのが本当のオシャレだよな、多分。

こうして、俺たち会話部のゴールデンウィークの部活動は幕を閉じた。

紙山さんと梅雨

■紙山さんは梅雨に困る

月曜日の朝は憂鬱だ、雨が降っているとなれば尚更に。

六月も半ばに差し掛かった月曜の朝。俺は、同じ学校の生徒で埋め尽くされた電車を降りると、ビニール傘をさし学校へと歩きだした。

頭の上には灰色の空。紫色の花を咲かせた路上の紫陽花が、しとしと降り続く梅雨の雨を受け止めている。

せめてカラッと晴れてくれれば月曜日も多少は苦じゃないのになぁ……。

そんなことを考えながら学校までの道のりをとぼとぼと歩く。そして、校門を越え昇降口で傘を閉じ、自分の下駄箱から上履きを取り出したところで後ろから声を掛けられた。

「ここここ小湊くん……！　おは……おは……！　おはよう……」

この声は紙山さんか。

俺は上履きを履きながら振り返る。そこには身長一八〇センチをゆうに超す女子高生、紙山さんが立っていた。今日も体中びっしょりと濡れているのは雨が降っているからだろう。そういうことにしておこう。

「ああ、紙山さん、おは……よ……う……」

紙山さんへあいさつを返そうとして顔を見た俺は、いつもと違(ちが)うことに気が付く。

「紙山さん……その……頭の袋……」

紙山さんは照れたように頭の袋を押さえながら言った。

「ああああの……これは……！　違うの！　最近雨が多いから……」

紙山さんは、いつもの茶色の紙袋ではなく、コンビニで買い物をした時に貰うような、白い薄手のビニール袋を被っていた。目の部分にはいつものように千切り取られたような穴が二つ開いている。

何が起きているんだ……。

俺が紙山さんの頭部を見たまま固まっていると、紙山さんは慌てたように両手をバタバタさせながら言う。

「あの、あの……あのね、違うの！　こんな薄着(うすぎ)、恥ずかしいんだけど……！　濡れないようにしたくて……それだけなのですデスでして……！」

確かにいつもの紙袋に比べると、薄い。いつもは真四角の紙袋に包まれていて分からない顔の輪郭(りんかく)が、ビニール袋越(ぶくろご)しに薄(うっす)らと浮き上(あ)がっている。

薄着と言っていたが、露出(ろしゅつ)の多い服を着ているような感覚なのだろうか。

照れた紙山さんの制服の裾(すそ)からは、ぽたぽたと大粒(おおつぶ)の水滴(すいてき)が垂れ始める。まるでスコールにでも打たれたようにびしょ濡れになった紙山さん。

俺は、紙山さんをこれ以上濡らすわけにはいかないなと思い、差し障(さわ)りのない言葉を選んでから口を開く。

「いや……うん……六月は雨が多いもんな」

「うんうん……そうなんだよダヨです……雨が多いと、紙袋がすぐ溶けちゃって……でも……恥ずかしくって……」

紙山さんは薄手の白いビニール袋を片手で押さえながら恥ずかしそうに言った。登校中の生徒たちが服についた雨を払(はら)いながら俺の横を通り過ぎていく。

俺がこんな紙山さんになんと声を掛けたら良いか逡巡(しゅんじゅん)していると、ふいに隣(となり)から声がする。

「おはよう。小湊くん、紙山さん」

横を見ると新井(あらい)がこちらへ向けてにこにこと微笑んでいた。

「あれ、紙山さん？　どうしたの、その顔」

新井は紙山さんの頭に被ったビニール袋を見ながら言った。

「あああのあの……雨で……溶けない……紙袋が……！　薄着で！」

いや、その説明じゃ分からないだろう……。

しどろもどろになりながら答える紙山さん。既に、ついさっきそこで河童と相撲を取ってきましたと言われても納得しそうなほど、全身からぽたぽたと汗の滴を垂らしている。

新井は必死に説明する紙山さんに、うんうんとうなずきながら言う。

「そっかそっか、雨で紙袋が溶けないようにビニール袋を被ってきたけど薄着で恥ずかしいのね」

ぶんぶんとビニール袋を縦に振る紙山さん。

今の説明で、なんで分かったのだろう。

俺が新井の察する能力の高さに感心していると、新井はにこにことした笑顔のまま少し考えたような素振りをした後、ぽんと手を叩いた。

「そうだ！　それなら、明日からバケツを被ってきたらいいんじゃないかしら？　バケツは結構厚手よ？」

「そ……そそそそれはいいかもです！」

最近、この学校の生徒たちは紙山さんに多少は慣れてきている。最初の頃こそ紙山さんが近くを通りがかるだけでどよめいていた生徒たちも、日々同じ学校に通ううち、ああこの人はこういう人なのだな、と一定の理解を示してきていた。少なくとも、普段の茶色い紙袋を被った紙山さんを見ただけでどよめく生徒は少なくなっている。

だが、新井の提案通りバケツなんて被ってきたら、折角慣れてきた生徒たちにまた新たな恐怖を与えかねない。

そんな俺の心配を余所に、新井の提案に納得する紙山さんと、笑顔の新井。

俺はバケツを被った紙山さんの姿を想像した。

梅雨時だけ現れる、目の部分に穴の空いたバケツを被る長身でいつもずぶ濡れの女子の姿を。

学校の七不思議に名を連ねてもおかしくないな……。

「バケツはやめておこう……怖いから……とても怖いから」

俺は身震いをすると二人に向けて言った。

新井が口を開く。

「そうかなあ……あ、そうだ！　それならいっそゴミ捨て場にあるような大きなポリバケツを体ごとすっぽり被ったらどう？」

新井さん、それはもう新種の妖怪です。

「……それも却下で……」

BAKETSU!!

「うーん……ならどんなバケツにしたら」

「まず、バケツから離れよう」

バケツにこだわりがあり過ぎだろう。

がっかりする新井を横目に俺は提案した。

「それなら……明日からは紙袋の上からビニール袋を被ればいいんじゃないか？　濡れないし、薄着でも無くなるし」

二人ともびっくりしたような顔をしたかと思うと大きく頷いた。

「ははは……はい……！　明日からはそうしま、しま、しま！　します！」

「それはいいね！　よかったね、紙山さん」

「……うん！」

ふいに朝のチャイムが鳴り響いた。気が付くと、周りには誰も居ない。笑顔になった二人へ向けて言う。

「んじゃそろそろ行かないと遅刻するぞ」

梅雨時はみんなそれぞれ悩みがあるんだなあ……。

そんなことを考えながら教室へ歩きだし、しばらくしてから気が付いた。

袋自体を被らなければいいのではないだろうか。

この発想が遅れて出てくる時点で、俺もおかしくなってしまっているのかもしれないな、とため息交じりに笑いながら、教室のドアを開けた。

■春雨さんは梅雨に困る

その日の放課後。俺はいつものように会話部の部室の教卓の前に立つと、みんなを見渡した。

「さて、それじゃそろそろ部活を始めたいと思うんだけど……」

そこには、笑顔のまま座っている新井と、紙袋の上からビニール袋を被り、じっとりとした制服を着ている紙山さんの姿があった。だが、もう一人の部員である春雨の姿が見えない。

「春雨はまだ来てないのか?」

俺の問いかけに新井が反応する。

「そういえば春雨ちゃん、いつも一番に部室に来てるのに今日は居ないみたいね。昼休みもお弁当食べに来なかったし……学校、お休みなのかしら」

紙山さんも口を開く。

「そういえばそうですよね……昼間も学校で見かけなかったですし……」

「んー、あいつ、今日は学校休んでるのかな。ま、それじゃ今日は三人で始め――」

三人で始めるか、と言いかけたその時。廊下の方から女子の話し声が聞こえてきた。

「あはは、あーちゃんったらそんなことあるわけないじゃな……痛っ！　でもそういえばアタシもね……痛い！」

春雨の声だ。

春雨の声が、いつも通りあーちゃんさんと話をしながらだんだんこの部室へと近付いてくる。いつもは軽快な会話が今日は珍しく途切れがちで、しかもなにやら痛がっている。春雨の声とは別に、カラカラと等身大パネルに取り付けられた車輪が回る音と、そして時折、ゴンという鈍い音も響いている。

「……あいつ、何やってるんだ？」

俺が二人に問いかけると新井が口を開いた。

「なんだろう……ちょっと見てくる？」

「あーいや、俺が行くよ」

俺はそう言いながら教室の扉を開け廊下を覗き込む。

そこにいたのは、魔法少女の等身大パネルと会話をしながら廊下をジグザグに歩く、紙袋を被った春雨らしき小柄な女生徒だった。

前が見えないのか、時折壁に頭をぶつけては紙袋を被った頭を押さえ、ふらふらとこちらに近付いてくる。

何で紙袋が二人に増えているんだ……。

俺は、ふらふらと歩く春雨へ近付き話し掛けた。

「おーい、春雨さん……何をやってるのかな」

突然声を掛けられた春雨は短い悲鳴をあげその場で飛び上がった。

「キャッ！　その声は小湊……？　いきなり話し掛けないでよ、びっくりするじゃない！　アンタこそ、こんな所で何やってるの？」

「それはこっちのセリフだ……お前こそ部室の側で何やってんだ」

「部室の……側……？」

春雨はそう言うと、紙袋の向きを直して目と穴の位置とを合わせて周囲を確認する。そして、ここが部室の側だと分かると、安堵のため息をついた。

「よかったぁ……やっと着いたぁ……」

「やっと着いたってお前な……だいたい何でそんな紙袋」

俺が言い終わらないうちに、春雨は俺の横を通り抜けさっと部室に入って行ってしまった。だが、また紙袋の穴の位置がずれたのか、ふらふらしながら自分の席へと向かい、手探りで椅子を探すと、何事もなかったかのようにちょこんと座った。

俺も続いて教室に入り教卓の前に立つと、改めて部員を見渡した。

俺の前には笑顔の新井。

紙袋の上からビニール袋を被った紙山さん。

そして、紙袋を被った春雨。

窓の外は朝から降り続いている梅雨の長雨。

神様、俺はもう限界かも知れません。

俺は神に祈りながら、口を開く。

「えー……全員揃ったところで部活を始めたいと思いますが……その前に一つ」

俺は春雨の方を見ると言った。

「おい春雨、それは何だ？」

春雨は明後日の方を向きながら白々しく答える。

「そ、そ、それ？　それって何のことかしら？　あ、もしかしてアタシが今日持ってきたお菓子のこと？　そんなに焦らなくても後でアンタにもあげ」

「紙袋のことだが」

「か、か、紙袋？　何それ、何のこと？　どういうことか全然分からないんだけど」

あくまでしらを切る春雨。こいつがその気なら、俺にも考えがある。

俺は無言で春雨に近付くと、春雨の頭の紙袋へと手を伸(の)ばしくるんと半回転させた。覗き穴が春雨の後頭部にまわり、春雨の視界が完全に塞(ふさ)がる。

「ば、え、ちょっと、やめ……って……キャアア！」

春雨は俺を掴(つか)もうとやみくもに両手を振り回(まわ)し、バランスを崩(くず)して椅子から転げ落ちた。

その際に紙袋がするっと脱(ぬ)げ、春雨の顔があらわになる。いつも両サイドでくるんと束ねられている春雨の髪(かみ)は四方八方にぐるぐるとカールし、頭の上を小型のハリケーンが通過した後のような惨状(さんじょう)が広がっていた。

春雨は床(ゆか)に尻餅(しりもち)をつき、めくれ上がったスカートの裾を直すのも忘れて俺へ罵声(ばせい)を浴びせる。

「いたた……ちょっと何するのよゴミナト！　怪我(けが)したらどうす……」

春雨はそう言いながら自分の頭を触(さわ)り、紙袋が脱げたことに気が付き悲鳴をあげた。

「いやぁ……見ないで！　は、は、恥ずかしいじゃない……」

「春雨お前……その頭どうした？」

春雨は、両手で頭を押さえると恥ずかしそうに言った。

「ゴミナト！　死ね、ヘンタイ！　ヘンタゴミ！　梅雨時は湿気(しっけ)で髪形(かみがた)がこんなふうになっちゃうのよ……だから隠すために紙袋を被ってたのに……」

「いや……だからってお前なぁ……」

「わわわわわ分かります……春雨ちゃん……！　紙袋を被ると安心するもんね！」

紙山さんがちょっとずれたところに同意を示しているがそこじゃない。

いくら梅雨時限定とはいえ、春雨にまで紙袋を被られては紙袋が二人になってしまう。

面倒臭くなった俺は春雨に言う。

「あー……転ばせちゃって悪かった。でも、お前、その髪形もかわいいから紙袋はカブラナイホウガイイナ」

最後の方は棒読みになっていたかも知れないが気にしたら負けだ。

春雨は顔を真っ赤にすると言った。

「ば、ば、バッカじゃないの？　かわいいとか、そんなこと当たり前じゃない。でも……アンタがそう言うのなら……紙袋……取ろうかしら……」

梅雨時はみんなそれぞれ悩みがあるんだな……。

俺は本日二度目の感想を抱きながら、静かに教卓の前に戻った。

■ 小湊波人は提案する

紙袋を取った春雨も席につき、ようやくいつものメンバーが揃った。俺は教卓の前に立つとみんなに向けて言う。

「さて、今度こそ部活を始めるか。今日は俺から議題の提案があるんだけどいいかな？」

春雨が四方八方に跳ね散らかした巻毛をふわふわさせながら、仏頂面で口を開く。

「アンタから提案なんて、珍しいのね」

「まあな。今日の議題は『梅雨』にしたいと思うんだ」

今朝は紙山さんがビニール袋を被って登校して来たし、春雨は春雨で癖毛を隠すために紙袋を被るという暴挙に出る始末だ。このまま放っておいては、この先どんなことになるか分からない。

俺は黙って聞いている三人に続ける。

「さっきの春雨を見ても分かるように、梅雨時は困ることが多そうだ。俺も、雨の日は気分が乗らないことが多くてさ。だから今日は梅雨について話してみるのはどうだろう」

俺の提案を聞いた新井が口を開く。

「そうねぇ、確かにこう毎日雨が多いと気が滅入っちゃうよね。私も雨の日は怒りっぽくなったりしちゃうし」

新井が怒るところなど想像がつかないと思った俺は、口を挟む。

「新井でも怒ることとなんてあるんだな」

「やだなあ小湊くん、私だって人間だよ。怒ることくらいあるって。だから、さっき小湊くんが出してくれた議題はいいかもしれないな。雨でも楽しめるものとか、梅雨の楽しい過ごし方とかがあれば、梅雨も好きになれるんじゃないかしら」

新井はそう言って、いつものようににこにこと笑った。

紙袋からぽたりとひとしずくの汗を垂らしながら紙山さんも言う。

「そそそそうだね……私も雨が降ってると気分が沈みがちになっちゃう……かな……。紙袋もすぐに濡れて溶けちゃうし……。薄着は……は……は……恥ずかしい……ですし……！」

これに同意したのは春雨だ。

「アタシも雨は苦手なのよね……テンション全然上がらないし、あーちゃんも濡れてヘナヘナになっちゃうし。それに、髪の毛もこんなに……」

そう言いながら頭を押さえる春雨。やはり、梅雨時は気分がノらないのはみんな一緒か。

俺はみんなを見渡すと言う。

「それじゃ今日は、梅雨の楽しい過ごし方でも話し合ってみるか」

それを聞いた新井が提案を重ねた。

「話し合うのもいいけど、せっかくなら外に出てみない？　雨の中でも楽しく話をする練習をしてみるのはどうかしら」

新井はそう言って窓の外を見る。俺も新井につられて窓の外を見た。どんよりとした灰色の雨雲が、しとしとと雨を降らせ続けている。

電気がついているとはいえそれでもまだ薄暗い部室に居ても、気分が沈むだけかもしれないな。それならいっそ外に出てみるのも悪くない。俺は新井の提案に乗ることにした。

「そうだな。気分転換に今日は散歩でもしながら会話をしてみようか。梅雨が好きになれば、これからは雨が降っても気分も変わるだろ」

紙山さんや春雨も頷いている。

「それじゃ、みんな外に行くか。カバンも持って行って終わったらそのまま帰ろう」

紙山さんがおずおずと口を開く。

「そそそそ……その……今日は帰りにどこかに寄ったりしますか……？　クレープ屋さ

ん……とか……」

　春雨も慌てたように言う。

「それはいいわね！　雨でもみんなと……と、と、ともだちと過ごせれば楽しいかもしれないし……」

「分かった分かった。しばらく歩いて会話の練習をしてから、何か食べて帰ろう。それでいいか？」

　俺がそう言うと、三人は梅雨の晴れ間のような笑顔を見せた。紙山さんが紙袋の内側から嬉しそうな声を出す。

「わわわわわ分かりました！　それでは準備をですね……！」

　そう言いながら、紙袋の上から被っていたビニール袋だけを外すと、ポケットから綺麗に折り畳まれた新しいビニール袋を取り出して被り直す。そして、手鏡を取り出し、ビニール袋のシワをまるで髪の毛を直すかのような手つきでピンと伸ばし、最後に、例のくまのシールを袋の右端に貼り付けた。

「……準備出来ました！」

　春雨と新井は、紙山さんのビニール袋に貼られたシールを見て口々にかわいいと言っている。

紙山さんは、照れてより一層汗をかきながらこちらをチラリと見た。紙袋に開けられた穴から覗いたぱっちりとした瞳と視線が合う。俺は、照れくさくなって目を逸らしながら、みんなを外へと促した。

■新井さんは傘を……さす……？

今日の会話部の活動は『雨の中でも楽しく話をする』ということに決まった。

俺は下駄箱の隅に置かれた傘立てから自分のビニール傘を探し出し、外に出ると振り返る。

「おーい、まだかー？」

「あ……ははははははい、今行きます……」

ちょうど赤い傘を開いているところだった紙山さんが慌てて答える。春雨もピンクの傘をさすと、さっと外に出た。

春雨の傘を見た新井が言う。

「あー、春雨ちゃんの傘、ピンクでかわいいね。よし、それじゃ行きましょうか」

新井はそう言いながら傘をささずに外に出ると、校門に向けて歩き出した。カバンから折りたたみ傘でも取り出すのかと思って見ていたが、雨の中でこちらを向いたまま俺たちを待っているだけで傘を取り出す素振りは一向にない。

なんで傘をささないんだろう。もしかして、傘を忘れたのだろうか。

俺は歩きだそうとしている新井を呼び止める。

「ちょっと待った。新井、傘ささないの？　もしかして傘を忘れたとか？」

新井は雨に打たれながら振り返ると、いつものにこにことした笑顔で答えた。

「私、雨の日はいつもレインコートだから傘をささなくても大丈夫なんだよ」

俺は新井の姿を上から下までよく見た。だが、いつもの学校指定の制服にしか見えない。

新井は、どうしたの？　とでも言いたげな、きょとんとした表情でこちらを見ている。

「いや……レインコートって言うけど……今からレインコートを着るのか？」

「ん？　ああ、これね……雨用の制服なのよ」

「雨用の……制服……？」

また新しい単語が聞こえた気がしたが俺の気のせいだろうか。新井は自分の制服の生地を触りながら続ける。

「ほら、よく見て。水を弾いてるでしょ？」

俺は新井に近寄ると、制服に顔を近付けた。降り続く雨が新井の制服に当たり、服には染み込まず雨粒のまま下にこぼれ落ちている。……あと、なんか生地がテカテカしてる。

試しに指で摘んでみると、布ではなくつるっとしたビニール素材で出来ていた。

なんだろう……これ……。

「あー……新井さん……これはまた……もしかして……」

「うん。制服と全く同じデザインのレインコートを作ったの」

なんでこの人は、制服と同じものを作るという発想をしてしまうのだろう。

俺は呆然としながら聞いた。

「なんでまた、そんなことを……」

「えへへ……実は私……傘さすのが苦手で。傘だとすぐびしょびしょになっちゃうから、雨の日はレインコートにしてるんだー」

新井は照れ笑いを浮かべながら恥ずかしそうに言った。

「ああうん……そっかそっか……そっかー……。でもそれ……普通の制服の上から市販のレインコートを着るんじゃダメなの……か……?」

俺が至極当然の疑問をぶつけると、真正面にいた新井は急に真顔になり俺の目をじっと見た。

……いや、俺の目を見ているようで、よく見ると目が合っていない。確かに俺の方を見てはいるのだが、視線は俺を通り抜けて頭の後ろ、もっとずっと後方にある何かを見ているような底の深い目でこちらを見ている。どうしよう、超怖い。

しばらくのあいだ俺が蛇に睨まれた蛙のようになっていると、新井は急に驚いたような顔をした。

「ハッ……！　ごめん、小湊くん。今、ちょっと意識がとんでて。それで、何の話だっけ？」

「ああ……いや……なんだかだいたい概ね大丈夫っぽい……何でもなかったみたい」

新井はいつものにこにことした表情に戻ると、話を蒸し返そうとする。

「そう？　それならよかった。それでね、このレインコートなんだけ――」

俺は慌てて新井の話を遮った。

「いや、大丈夫！　レインコート、大丈夫！　レインコートって便利だよな、うん！」

俺の言葉を聞いた新井はいつもの笑顔で俺たちへ向けて明るい声を出す。

「うん、すっごく便利よ。それじゃ、行きましょうか。雨の日の会話部の活動も楽しみだなー」

俺は、隣で俺と同じように呆然としていた春雨に小声で聞く。

「なあ……今のアレ……何だったんだろう……」

「知らないわよ……あんな新井さん初めて見た……」

隣にいた紙山さんがぽつりと呟く。

「そういえばさっき……雨の日は怒りっぽくなるって言ってた……よね……」

さっきのアレは怒っていたのだろうか。

俺たちは口々に、新井さんだけは怒らせたらいけないな、と言い合った。

「どうしたの？　行かないのー？」

既に十メートルほど先を歩いていた新井が、俺たちへ手を振っている。

「はい！　ただ今行きます！」

元気よく返事をする俺。雨の日に色々あるのは、紙山さんや春雨だけじゃなかったんだな。

俺は、梅雨よ早く終われ！　と思いながら、紙山さんや春雨と共に新井の後を追いかけた。

■ 紙山（かみやま）さんは空を見上げる

ビニール傘にあたる雨音が俺の耳に届く。

雨の日の会話を練習する為（ため）、特に行き先も決めず歩いている俺たち会話部の四人。雨を好きになろうという目的はあるのだが、いざこうして外に出てみると、うまい話題が見付からない。

他の三人もそれは同じらしく、新井（あらい）はにこにこしながらも無言で歩き、春雨（はるさめ）は雨に濡れくたくたになった魔法（まほう）少女のパネルに向かって話し掛（か）けている。紙山さんに至っては、傘をさしているのにずぶ濡れという有様だ。

ここはひとつ、梅雨という議題を提案した俺から話題を提供しないといけないな。

そう思った俺は、会話が始まるきっかけになりそうな話題を出してみることにした。

「あー……朝からずっと雨が降ってるなあ……雨のいいところって何かあるかな？」

俺の提案に新井が反応する。

「雨のいいところかー。パッと思いつくのは、雨が降らなければ、地球に生きている全（すべ）ての生物はお水が飲めないわよね」

新井らしい優等生的な答えだ。俺はその意見に頷くと、話を膨らませた。

「またえらい大きなところから来たな。でも、確かにそうだな。それじゃあ、もっと俺たちに身近なことだと何かあるかな」

俺の答えを聞いた新井はいつものにこにことした笑顔をすっと消すと、さっき見せた遠くを見るような底の知れない表情で言う。

「何言ってるの小湊くん。水は私たちの生活に密接に関係――」

俺は慌てて答える。

「そ、そうだな！　水は大切だ！　うん、水は大事、それは間違いない！　あー……水以外だと、何か思いつくものはある？」

ちらりと横を見ると、新井はいつものにこにことした笑顔に戻っていた。雨の日の新井さん、超怖い。

俺の問いかけに春雨が答える。

「そうねえ……雨の日は道端の草や花が喜んでる気がする……かなぁ。そういうのを見てると、少しだけ嬉しくなってくるなぁ……」

そう言って、微笑みながら道端に生えた紫陽花を見る春雨。あまりにかわいらしい答えだったので、俺はつい笑ってしまった。

「またずいぶん乙女な答えだな」

俺が笑いながらそう言うと、春雨は、しまった！　という顔をして慌てて訂正する。

「ば、ば、バカね！　そんな乙女チックなことを言うわけないじゃない！　違うわよ！　や……や……山羊が……！　そうよ山羊よ、山羊が食べる草が喜ぶのよ！　その山羊は……生贄になる予定のかわいそうな山羊で……ええとええと……山羊の最後の晩餐用の草が喜んで……喜んで……」

「また発想が病気だ」

「山羊を生贄に捧げるのよ！」

「誰に？」

「……あ……あーちゃんに……？」

「あーちゃんさんは悪魔か……。いいから少し落ち着け」

春雨はあわあわしながら顔を真っ赤にしている。

相変わらずしとしとと雨が降る中、俺は春雨の意見をさらに膨らませる。

「まぁでも、草花が喜ぶってのもあるかもしれないな。自然を見てると癒されるって気持ちは分かる」

「ホントに……？」

春雨は上目づかいでこちらを見る。俺が頷くと、春雨はにっこりと微笑んだ。

俺たちの会話を聞いていた紙山さんがぽつりと口を開く。

「雨の日は……」

「お、紙山さんも何か思い付いた？」

「はい……ああああの……雨の日は……何だか、がんばらなくてもいい気がしません……か……？」

「がんばらなくてもいい？　それってどういう意味？」

俺の言葉に新井が反応する。

「それ、私も少し分かる気がするな。晴れの日は、何かこうがんばらなきゃ！　って思っちゃうけど、雨の日はゆっくりしてていいっていうか、休憩(きゅうけい)していても許されるっていうか。そういうことで合ってるかな？」

紙山さんは、ビニール袋(ぶくろ)で守られた紙袋からぽたりと汗を滴(したた)らせると頷いた。

「はい……私、いつもがんばらなきゃって思ってて……がんばってもいつも失敗ばかりなんですけど……。でも、雨の日はそんなにがんばらなくてもいいよ、って空が言ってくれてるみたいな……そんな気がします」

紙山さんはそう言うと、頭に被った白いビニール袋を上に向け空を見上げた。

雨の日はがんばらなくていい、か。いつも、一生懸命な紙山さんらしい答えだな、と俺は思う。

「小湊くんは、そういうふうに思ったこと……ない……？」

ビニール袋をかしげながら聞く紙山さん。袋に開けられた穴からは、ぱっちりとした黒い大きな瞳が俺を見ている。

俺は紙山さんの瞳から灰色の空へと視線を移し答えた。

「今までそう思ったことはなかったな。でも、言われてみれば確かにそうかもしれない。がんばってばかりじゃ疲れちゃうし、雨の日くらいは休んでもいいぞ、って思うとちょっとは雨が好きになれそうかも」

朝からずっと降り続いていた雨はいつしか小降りになり、東の空には晴れ間がのぞいていた。

春雨がふいに大きな声を出した。

「あ、見て！」

「どうした、悪魔でもいたか？」

「そうじゃないわよバカミナト！　ほら、見て！」

春雨が空を指差し、俺たちは同時に春雨の指の先へと視線を向けた。そこには。

――そこには、きれいな虹がかかっていた。

俺たちは同時に言葉を無くし、しばらくそのままの姿勢で空を見上げていた。空を見上げながら紙山さんが言う。

「雨の日も……こうしてみんなと過ごすと……いいものかもしれない……ね……」

俺は、眩しそうに空を見上げている紙山さんの方を見た。今日の紙山さんは、心なしかいつもよりたくさん自分から話をしている気がする。少しは会話に慣れてきたのかもしれない。会話部の活動も役に立っているということか。

空にかかる虹を眺めていた紙山さんは俺の視線に気が付き、ふいに視線がぶつかる。

紙山さんは恥ずかしくなってしまったのか慌てて視線を逸らすと、スカートの裾からぽたりと汗が滴り落ち、足元にあった水たまりがちゃぽんと音をたてた。

まあ、こういう恥ずかしがり屋なところは、まだしばらく治らないだろうけど。

月曜日は憂鬱だ、雨が降っているとなれば尚更に……ただし、みんなで見上げる虹は格別だ。

俺は、紙山さんのおかげで、ほんの少しだけ雨と月曜日が好きになった。

紙山さんと合宿

■ 紙山さんは水着を着る

青い海。白い砂浜。照りつける太陽！

季節はまさに夏。俺の目の前にはどこまでも青い海が広がっていた。俺は、膝くらいまである青い水着を穿き、夏の太陽が照りつける砂浜に立っている。

お盆を過ぎた海は人影もまばらで、数組のグループが遠くの方に見える他は、砂浜はがらんとしていた。

海に来るのなんて小学生以来だな。あの時は、海が本当に塩味なことに驚いたりしたっけ。

俺が昔を思い出していると、後ろから紙山さんの声がする。

「おおおおおおまたたたたたたたた！　……おまたせ……しました……」

俺が振り返ると、水着姿の紙山さんがこちらに小走りに近付いてくる姿が目に入った。

白いビキニ姿の紙山さん。本来なら胸をすっぽり包むはずだったであろう白いトップスは、紙山さんの大きな胸を包みきれず、ちょっとしたマイクロビキニのようになってしまっている。

頭には、水着の色に合わせたのかいつもの茶色い紙袋ではなく、白い紙袋を被っている。目の部分には千切り取られたような穴が開けられ、そこから覗くぱっちりとした瞳がこちらを捉える。

一歩走る度に大きな胸がぷるんと弾け、一歩走る度に大きなお尻がぷるんと揺れる。頭が揺れる度に紙袋がカサカサと音を立て、夏の紙山さんは色々な意味で犯罪的だった。

紙山さんはこちらへ小走りに駆け寄ると俺の前で止まり、はちきれそうな白い水着と紙袋を指で摘んで軽く直す。

俺は紙山さんの、主に胸のあたりに視線を釘付けにされていた。

俺の視線に気が付いたのか、紙山さんは左腕をお腹に回すとおずおずと口を開いた。

「……あの……そんなにみなみな見ないで下さい……！　最近また太っちゃってお腹が……」

ごめん紙山さん。俺、お腹なんて全く見てませんでした。

紙山さんは俺の前で恥ずかしそうにお腹をさすっている。お腹をさする腕には大きな胸が乗り、さながらグラビアアイドルのポーズのようになってしまっているのだが、本人は気がついていない。ありがとう、お腹！

——紙山さんのお腹に礼を言っている場合ではない。俺がなぜこんな所にいるのか。それをこれから話そうと思う。

事の発端は新井の一言だった。

「もうすぐ夏休みだし、合宿に行きたいわよね」

七月も終盤に近付き、もうすぐ夏休みというある日の放課後。俺たちがいつものように部活を終え、帰り支度をしているとふいに新井が言った。俺は新井に聞き返す。

「合宿？」

「ええ、他の部活動でも夏休みは合宿に行くじゃない？　だから、私たち会話部も合宿に行かない？」

会話部の活動は会話の練習をすることだ。合宿など行かなくても会話は出来る。それに、泊まり込みで部活をするなんて正直面倒くさい。

「夏休みに何日かここに集まって、いつもの活動をするんじゃダメなのか？」

新井は、両手を腰に当ててほっぺをふくらませるという何とも古典的な怒ってますポーズを決めながら言う。

「何を言ってるの小湊くん。合宿でしか出来ない会話の練習もきっとあるはずよ」

「そうかなぁ……いつものようにここで練習すればいいと思うんだけど」

俺が渋っていると、隣にいた春雨が口を開いた。

「合宿……合宿ねぇ……。ア、ア、アタシも行くのに賛成。遠くでしか出来ない練習もあるし」

俺は春雨に聞いてみる。

「例えばどんな？」

春雨はわざとらしく大きなため息をつくと俺に詰め寄った。

「バカねぇゴミナト、ゴミミナト。いい？　夏の合宿といえば海か山じゃない？　海や山にあーちゃんを連れて行けばあーちゃんとの思い出が増えるわ！　そうすれば会話の幅も広がって、普段のアタシの生活がしやすくなるはずよ！」

春雨はそう言うと、隣に置いてあった魔法少女の等身大パネルを自信満々にぽんと叩いた。

俺は得意げな春雨に特大のため息をお返しする。

「お前はまず、あーちゃんさん以外の人と話せるようになれよ」

春雨は顔を真っ赤にして、鼻と鼻がくっつきそうなほど俺に詰め寄る。春雨の細い前髪が揺れ、俺の鼻先をかすめる。シャンプーの微かな匂いが俺の鼻をくすぐり、少しだけドキドキしてしまった。

春雨は、そんな俺のドキドキなど気が付かず顔を真っ赤にして続ける。

「さ、さ、最終的にはそうするわよ！　でも、いきなり他人と話すのはハードル高いっていうか……！　あーちゃんとはもう話せるし、アンタたちとも少しは話せるようになったわ！　だから……もっとみんなでお出かけして色んな話をすれば……そうすれば、きっとそのうち！」

「分かった分かった、落ち着け」

興奮した春雨を落ち着けようとした俺を無視し、春雨は尚も捲し立てる。

「そ、そ、そのうちきっと……きっと海や山とも話が出来るようになるはずよ！」

何を言い出したんだろうこの病人は。何を言っているか自分でも分からなくなってきているっぽいな。

春雨は右に左に視線を泳がせながら更に続ける。

「まずは海……そう海よ！　アタシは海とお話し出来るようになるの！　次は山ね！　そして空！　アタシは陸海空を支配するわ！　最後は宇宙ね！　宇宙と一体化したアタシは……アタシは！」

分かった、春雨はもうダメだ。俺のドキドキを返して欲しい。

俺は、うわごとのように宇宙宇宙と呟き続ける春雨から離れると、紙山さんに聞いてみた。

「紙山さんは合宿行きたい？」

話し掛けられた紙山さんはピクンと固まると、紙袋の内側から小さな声を出した。

「……わわわわ私も……合宿行ってみたい……かな。みんなと泊まりで遊びに行くなんて……その……行ったことない……ですし……。あ、もちろん合宿は遊びじゃないんだけど……」

紙山さんはそう言って、紙袋からはみ出した黒い髪の先からぽたりと汗を垂らした。

みんなと遊びに……か。

合宿ではなく遊びに行くと考えれば、それほど面倒でもないのかもな。

長い夏休み。毎日家に居ても時間を持て余すだけかもしれない。それなら行ってもいいかと思ったが、一つ問題があることに気が付いた。

「三人とも賛成か。それなら俺も行ってもいいけど、ただ、この時期だともう宿が取れないんじゃないか？　しかも高校生だけで泊めてくれる所となると限られるだろうし」

俺の問いかけに紙山さんがぴょこんと手を挙げる。

「あの……私の叔父さんが海の近くで民宿をやっていて……お盆が過ぎれば暇だから遊び

においでって毎年言ってくれるんですけど……そこではダメ……かな……」

宿の確保もあっさりと何とかなってしまった。

「うーん……それならまぁ……合宿、行くか？」

「うん、行きましょう！」

と、笑顔の新井。

「はははははい……私も合宿……行きたいな！」

と、嬉しそうな紙山さん。

「全宇宙神よ！　アタシはここよ！　さぁ、今こそ我と一つに！」

と、春雨。

分かってた、春雨はもうダメだ。俺のドキドキに利子をつけて返して欲しい。

俺は、紙山さんから予備の紙袋を一つ貰うと、窓から身を乗り出し空に両手を広げてなにやら喚いている春雨に近付いた。そして、紙袋を広げ春雨の頭にすぽっと被せる。

突然視界が真っ暗になったことに驚いた春雨が言う。

「こ、こ、ここは……！　宇宙……？」

「おかえり春雨さん、ここは地球だ」

こうして俺たちは夏の合宿に行くことになった。

■　春雨さんは水着を脱ごうとする

「ちょっとゴミナト！　いつまで紙山さんのことを見てるのよ！」

紙山さんの暴力的な胸に釘付けになっていた俺の背中に、突然罵声が降り注いだ。慌てて振り返ると、そこには水着姿の春雨が立っていた。

白い肌にピンクのビキニのコントラストが眩しい。日除けの為か薄手のピンクのシャツを前のボタンを全開にして羽織っている。紙山さんとは対照的な、つるんとしてすとんとした胸が何とも寂しげだ。春雨は、紙山さんの胸を指差しながら言う。

「どうせアンタ……紙山さんのこの大きな胸でも見てたんでしょう？　この……ヘンタイエロミナト！」

「いや、俺は別に……」

別に……すみません見てました。

言い返せない俺に春雨が詰め寄る。

「だいたいね、女の価値は胸じゃないのよ！」

　春雨はそう言うと、自分の荒涼とした不毛の大地をぽんと叩く。しかし、この意見には俺も賛成だった。

「だよな、それはその通りだ」

　俺の言葉を聞くと、春雨はころっと表情を変えた。

「あら……アンタにしては物分かりがいいじゃない」

　俺は、感心してこちらを見ている春雨に爽やかな笑顔で告げる。

「だって、もし女の価値が胸だったら、お前にはほぼ価値がないじゃないか」

　それはもうにこやかに。

　俺の言葉を聞いた春雨は瞬間的に顔を真っ赤にしたかと思うと、自分の胸をぺたぺたと触りながら大声を出した。

「な、な、何を言ってるの？　アタ……アタ……アタシだって胸くらいあるわよ！　なんならちょっと見て――」

　そう言いながら水着の肩紐に手をかける春雨を、俺は慌てて制した。

「分かった分かった！　脱ぐな！」

　まったく、慌てると何をしだすか分からないやつだ。

「アンタが悪いんだからね！　ア、ア、アタシの胸を見なさい！　見て、そして謝りなさい！　ちゃんとあるんだから！」

「大丈夫だから。あるある、お前も胸あるって！」

春雨は尚も俺の至近距離で取り乱す。

「紙山さんのあの大きな胸ばかり見てるから！　そんなに見たいのなら見ればいいじゃない！　あの紙山さんの胸を！　大きな胸を！」

「分かったってば、落ち着け！」

春雨は顔を真っ赤にしながら何度も大きな胸という言葉を連呼する。

俺は暴れる春雨を止めながら、紙山さんの方をちらりと見た。大きな胸を連呼された紙山さんは、恥ずかしさのあまりいつにも増して大量の汗をかき、まだ海に入っていないのにもかかわらず、今さっき海から上がってきたかのように全身びっしょりと濡れていた。紙袋から出た首筋も、程よく肉のついた健康的な二の腕も。本人が気にしていたおなかから、水着から出た長い脚に至るまで、全身がびっしょりと濡れている。

頭に被った白い紙袋も当然ぐっしょりと濡れ、所々溶け始めている。

紙山さんの白い肌は春雨の顔よりも真っ赤になり、体をぶるぶると震わせている。ビキニと同じ色の白い紙袋の中から、荒い息づかいが聞こえる。濡れた紙袋越しの呼吸は困難を極めている様子だ。

これ、どこかで見た光景だな……。そう、あれは確か、入学式の日の……。

やばい、このままだと紙山さんの呼吸が止まる！

紙山さんが危ないと思った俺は、春雨に休戦を持ちかける。

「春雨、一時休戦にしよう。このままだと……紙山さんが死ぬ」

「あ、え……？　やばっ！　わ、分かったわ……」

春雨は俺から離れると、紙山さんに近寄り謝った。

「ごめんなさい、紙山さん……大丈夫？」

「悪かったな……つい調子に乗っちゃって……」

紙山さんは紙袋の中から、はぁはぁと荒い息を漏らしながら、体の前で両手をぶんぶんと振った。

「だだだだ大丈夫……です……！　あの……それより、私の胸……そんなに大きい……ですか……？」

そう言いながら、片手を胸元に当てる紙山さん。紙山さんの白くて長い指が、大きな胸を押す。紙山さんの胸は、白い指を押し返して上下に揺れる。柔らかそうな感触が、見ているこちらにまで伝わってくるようだ。

うん、そんなに大きいです。

しかし、素直に答えてしまうと今度こそ呼吸が止まりかねない。

俺がどう答えたものか考えあぐねていると、遠くの方から俺たちに向かって声が掛かった。

「おまたせー、遅くなってごめんなさい」

新井の声だ。新井も二人同様、水着に着替えて来るはずなんだが……まさか、制服そっくりの水着を着てるんじゃないだろうな……。

俺が心配しながら振り向くと、砂浜の向こうの方から走って来たのは紺のスクール水着姿の新井だった。胸の所には『一年一組　新井』と書かれた白い布が縫い付けられている。

ああ……それもそうか……。

「お……遅かったな、これでみんな揃ったな」

俺は、紙山さんの胸を頭の中から振り払うと、みんなに背を向け海の方を見た。目の前には、キラキラと輝く青い海が広がっていた。

■ 紙山さんは紙袋を脱ぐ

「それじゃ……入るか、海に！」

俺はみんなに向けて元気よく言った。せっかく海に来たのだ、入らなければ勿体ない。

水着姿の女子三人は、うん！　と元気よく頷く。

先頭きって海に飛び込んだのは春雨だ。その後を新井が追いかける。新井と春雨は、ばしゃばしゃと飛沫を上げ海に飛び込むと、波打ち際で水を掛け合って遊びだした。

俺も二人に続こうとしたとき、後ろで立ち止まっている紙山さんに気がついた。紙山さんは白い紙袋を左右に振り、しきりに周囲を確認している。

何をしているのだろう。俺は紙山さんの側に行くと質問した。

「どうしたの？　海、入らないの？」

「あ、小湊くん……あの……このままだと……海に入れなくなくナクなくて……その……」

紙山さんはそう言うと、頭に被っている溶けかけた紙袋を軽く指差した。

ああ……そういえば。

紙袋を被ったままだと、袋が溶けるか、溶けた紙袋が張り付いて呼吸が出来なくなるかの二択だった。

「うーん、そうだなあ……」

俺が、何か良い案はないかと考えようとすると、紙山さんは両手を体の前に出して手を横に振りながら慌てて言った。振った拍子に汗のしずくが飛び、俺の顔にかかる。

「あああのあの……！　大丈夫です……この袋……今日は脱ぐので……。でも、周りに人がいると……脱ぐのが恥ずかしくて……。今なら周りに人もいなそうだし……脱いじゃおう……かな……」

そう言いながら、紙山さんはメロンのように大きい胸に手を当てて深呼吸をすると、ゆっくりと紙袋に手をかけた。

紙山さんが、紙袋を、脱ぐ……？

俺は、顔にかかった紙山さんの汗を拭うのも忘れ、ゆっくりと動く紙袋を見ていた。

今まで頑なに顔を隠してきた紙山さん。

入学初日。『恥ずかシイので取れません！』と言っていた紙袋。

思えばあの日以来、俺は紙山さんとなし崩し的に友達になり、なぜか会話部を作ることになり、そして今に至るんだっけ。

時折、紙袋に開けられた穴から覗くぱっちりとした瞳を見たことはあったが、顔全体を見たことは今までなかった。

紙山さん、いったいどんな顔をしているのだろう。

そんなことをぼんやりと考えながら紙山さんの紙袋を見ていると、紙山さんは俺の視線に気が付き、ハッとした。そして、脱ぎかけた紙袋を一旦元に戻すと、恥ずかしそうに口を開く。

「……あの……脱ぐのをそんなに見られてたら恥ずかしい……よ……。小湊くん……少しの間……後ろ向いててもらっても……いい……？」

大きな胸を揺らしながら言う紙山さん。

どうしよう。セリフだけ聞くと、なんだかとてもイケナイことをしている気分になってくる。

「わ、分かった！」

俺は妄想が爆発する前に即座に頷くと、紙山さんに背中を向けた。俺の背後から、カサカサと紙袋が擦れる音が聞こえる。

気が付けば、俺の口の中はからからに乾いていた。慌ててごくりとツバを飲み込む。

どうした波人、何をそんなに緊張している。紙山さんが紙袋を脱ぐだけじゃないか……。

脱ぐだけ……。脱ぐ……だけ……。

新井や春雨の顔なら部活の度に見ている。それと何が違うと言うのだ。

俺は、緊張している自分にそう言い聞かせると紙山さんを待った。永遠にも思える時間が経過したように感じられたその時。俺の背後から紙山さんの声が聞こえる。

「あの……もう、こっち向いても……いい……よ……」

突然聞こえた紙山さんの声に俺はビクッと飛び上がってしまった。そして、出来るだけ平静を装った声を作る。

「あ、ああ……それじゃあ振り返るぞ……」

紙山さんに言われるがまま、ゆっくりと振り返る俺。

俺の目にまず飛び込んできたのは、紙山さんのスラリと伸びた長い足だ。続いて、先ほど本人が気にしていたウエスト。次に大きな胸。そして……いよいよ顔。

俺は再度ツバを飲み込むと、一気に視線を上げ紙山さんの顔を見た。

そこには、顎の先から頭頂部にかけて、白いメッシュの水泳キャップで顔全体をマスクのように覆っている紙山さんが恥ずかしそうに立っていた。ゴムの部分を顎に引っ掛けて覆面のようにしているらしい。らしい……。

よく見ると、後頭部にも同じように水泳キャップで出来たマスクが着けられている。どうやら、二つのキャップを縫い合わせた、まるで頭部だけを覆う全身タイツのようなシロモノのようだが……なんだこれ。

「紙山さん……それは……」

紙山さんは恥ずかしそうに言う。

「あの……あのね……合宿で海に行くことが決まってから作ってみたんだけど……似合う……かな……」

もはや、似合うとか似合わないとか、そういう次元をとうに超越しているんじゃないかな……。

「いや……うん……通気性は……良さそう……だな……」

なんと答えたら良いか分からず、機能面に言及するのがやっとだった。俺の気持ちを知ってか知らずか、紙山さんは嬉しそうに口を開いた。

「う、うん！　あのね……これだと、メッシュになってるから息もできるしね……濡れても溶けないから、泳ぐ時に便利かなって……！」

「……それ、今日のために作ったの？」

「……うん……せっかく海に行くんだもん……みんなと一緒に海に入りたくて……！」

ふいに海の方から新井の声がする。

「小湊くーん、紙山さーん。早くおいでよー」

紙山さんは白いメッシュの中から嬉しそうな声を出す。

「あ……うん！　今行く行きままます……！」

紙山さんはそう言うと海に向かって駆け出した。白いビキニに白いマスクを被った長身巨乳の紙山さんの後ろ姿を見ながら、俺は思う。

この海に、新たな怪談が追加されませんように……と。

紙山さんは海に入ると俺の方を振り返り、大きく手を振っている。

「小湊くんもおいでよー」

その声はとても楽しそうだった。

細かいことはどうでもいいか。紙山さん、あんなに楽しそうだしな。俺は、今行く、と答えるとみんなの方へと駆け出した。

■小湊波人は命の危険を感じる

その後、俺たちはひとしきり海遊びを楽しんだ。

泳ぐのはもちろん、ビーチボールで遊んだり、引いては返す波との追いかけっこもした。砂風呂に入ってみたいという春雨の為に、寝そべる春雨の上から砂をかけてやったりもした。ついでに、砂でナイスバディなお姉さんの体を作り、胸の所には大量の砂を盛ってやった。

俺は久しぶりに夢中で遊び、気が付けば西の空には太陽が沈もうとしている。

遊び疲れたのか俺もみんなも砂浜に座り、暮れゆく夕日を静かに眺めていた。俺はさっと立ち上がると、水着についた砂をはらいながらみんなに言う。

「さて、そろそろ宿に行こうか。あまり遅くなっても紙山さんの叔父さんに迷惑だろうし」

紙山さんの叔父さんが経営しているという民宿は、砂浜から歩いて十分ほどの場所にあるらしい。俺たちは水着から着替えると、海沿いの町を民宿に向け歩き出した。

道すがら。俺は隣を歩く紙山さんに聞いてみた。

「そういえば、叔父さんてどんな人なの？」

紙山さんはいつものように、紙袋の裾からぽたりと汗を落とし答える。

「あああああのあのあの……優しい人……だよ。昔から私のことを……気にかけてくれたり……遊びに連れてってくれたり……」

「へー、それじゃ小さい頃の紙山さんのこともよく知ってるんだ。宿に着いたら小さい頃の紙山さんの話でも聞いてみようかな」

「そんな……！　私の昔話なんて……面白い話じゃない……よ……！」

紙山さんはそう言うと、紙袋をぶんぶんと横に振った。

昔の紙山さん、か。そういえば、今まで考えたこともなかったけど、紙山さんは、いつからこの紙袋を被っているんだろう。俺は隣を歩く紙山さんを見上げた。

私の昔話なんてつまらないよ、と呟きながら、前を向き民宿に向け歩いている紙山さん。まさか、生まれた時から紙袋を被っているなんてこともあるまい。紙袋を被ることを宿命付けられた一族というわけでもないだろう。それならなぜ紙山さんは、いつ頃、どんな理由で紙袋を被り始めたんだろうか。

俺は、軽い気持ちでその質問をしようとしたが、開きかけた口をつぐんだ。

もっと仲良くなれば、いつか自分から話してくれる日が来るかもしれないな。それに、話してくれなくたって、恥ずかしがり屋が治って紙袋無しで生活できるようになるかもしれない。それならそれでいい。

俺を抱えて校内を全力疾走したり、服屋の店員にトラウマを植え付けたりしなくなればもっといい……。

俺が心の中でそう呟いていると、隣にいた紙山さんが前方を指差して口を開いた。

「あ、着いたよ。ここが叔父さんの民宿……です……」

俺は紙山さんが指差した方向を見た。そこには、決して新しいとは言えないが、何とも風情のある二階建ての日本家屋風の民宿があった。敷地は良く手入れされた生垣で囲まれており、中には広くて立派な庭もある。庭には大きな松の木が一本、堂々と天に向かって伸び、岩で囲まれた涼しげな池には竹で出来た鹿威しまである。民宿というより、小さな旅館といった方が正しいかもしれないたたずまいだった。

俺たちは紙山さんの後ろに付いて庭を通り抜けると、宿の玄関の前で止まった。紙山さんは年季の入った木製の引き戸を開け、中に向かって叔父さんを呼ぶ。

「あのー、さみだれです。叔父さんー今着いたよー」

俺たちは紙山さんの背中越しに宿の中を覗き込んだ。しかし、中からは誰の返事もない。

「叔父さん、どうしたんだろう……」

そう言って、俺たちの方を振り返る紙山さん。俺は困っている紙山さんに言う。

「勝手に入るわけにもいかないし、しばらくここで待たせ」

待たせてもらおう。俺がそう言いかけた時、背後から、男の威勢のいい声が聞こえる。

「さみだれじゃないか！　いやーよく来たな！　そんな所で突っ立ってどうした！」

紙山さんはこちらを向くと、俺たちの頭の向こうにいる威勢のいい声に返事をする。

「叔父さん！　久しぶりだね。中に誰もいないみたいだったから……」

「ああ、ちょっと庭の裏手で仕事があってな」

どうやら声の主は紙山さんの叔父さんだったらしい。

俺は振り返りながら慌ててあいさつをした。

「あ、あの、紙山さんの友達の小湊と言います。今日は会話部のみんなでお世話に……なり……ま……す……」

俺と新井と春雨は同時に振り返り、そして見た。

振り返った俺たちが見たもの。それは、頭の上から紙袋をすっぽりと被り、手には一メートルはあろうかという巨大なハサミを持った恰幅のいい中年男性の姿だった。身長は二メートルを超え、筋骨隆々としたプロレスラーのような体格の大男が、紙袋を被り、巨大なハサミを両手でカチャンカチャンといわせながら、今、俺たちの目の前に居る。

俺の直感が告げている。殺される……大きなハサミで殺される。

俺と同じくあいさつをしようとした新井や春雨も、目の前の大男の姿を見て口をぱくぱくさせている。俺たちが大男の頭……というか紙袋を見て固まっていると、紙山さんが口を開いた。

「もう、叔父さん！　なんで紙袋なんて被ってるの？」

叔父さんは、まるで今気が付いたとでもいうような素振りで、引き締まった太い腕を上げると紙袋を触る。

「ん？　ああこれか！　軒下に蜂の巣が出来ていることに気付いてな。蜂取り帽を探したんだが見つからなかったんだ。代わりに何かないかと探したんだが、何もなかったから紙袋をな」

そう言うと、俺の目の前にいる紙袋を被った中年男性は、がははと笑いながら紙袋を取った。中からは、真っ黒に日焼けした人懐っこい笑顔が現れた。

あぁ、そういえばこの人は紙山さんの叔父さんなんだったっけ。

俺がほっとしていると、人懐っこい笑顔の叔父さんは俺たちに言う。

「よしお前ら！　こんなところじゃなんだから、中に入れ！」

叔父さんは紙袋を丸めてポケットに突っ込み、玄関脇に巨大なハサミを放り投げ、ドタバタと中に入っていった。

「私たちも行こ……？」

紙山さんはそう言って叔父さんの後に付いて行く。隣にいた、まだ青い顔の春雨がぼそっと呟く。

「よかった……アタシ、今日ここで死ぬのかと思ったわ……」

「俺もだ……」

「あと……そういう一族なのかと思ったわ……」

「俺もだ……」

命の危険を回避した俺たちは、今晩お世話になる宿へと無事到着した。

■ 新井さんは心配する

紙山さんの叔父さんが営む民宿に到着した俺たちは、叔父さんの案内で一つの部屋に通された。昔は客室だったけど今は物置になっているという、襖で仕切られた二間続きの和室だ。

叔父さんは、客扱いしない代わりに宿代は要らない。だから、部屋がボロでも文句言うなよ、と言っていたが、なんだ、全然綺麗じゃないか。俺は、心の中で叔父さんに感謝した。

その後、叔父さんの奥さんと一緒に夕食をごちそうになり、部屋へと戻ってきた。

食事中。叔父さんが昔の紙山さんの話をしようとした途端、紙山さんから大量の汗が溢れ、左手に持っていた茶碗を握力で粉砕するというお茶目な一幕もあったのだが、叔母さんが動じることなく、まるでこぼれた味噌汁でも拭くかのように笑って対処している姿を見て、昔の紙山さんのことが何となく想像出来て微笑ましかった。

食事を終え部屋に戻り、俺が座布団を枕に寝転がろうとしていると、新井がカバンから何やら取り出した。

「じゃーん！　花火持ってきたんだー、今からみんなでやらない？」

花火を見た春雨は子犬のように目を輝かせる。

「やりたいやりたい！　紙山さん、お庭って借りられるの？」

「ああああの……多分、大丈夫だと思う……よ……」

「わーい、それなら早く行きましょうよ！　そうだ、あーちゃんも一緒に行こっ」

春雨はそう言うと魔法少女の等身大パネルを掴み部屋を出ていこうとしている。

花火か。

そういえば花火なんてやるのは何年振りだろうか。俺は少しだけうきうきしつつ、今の会話の中の何かが心に引っかかるのを感じた。

女子三人は部屋を出ていく支度を始めている。

俺は、さっき感じた引っ掛かりの正体を探す。花火……春雨……紙山さん……新井……あーちゃん……。

ほどなくして引っ掛かりの正体に気が付いた俺は慌てて立ち上がると、今まさに部屋を出ていこうとしている春雨の肩を掴み呼び止めた。

「ちょっと待て、春雨。あーちゃんさんはここで留守番だ」

急に呼び止められて不機嫌になる春雨。

「なによゴミナト。あーちゃんだけ仲間外れにするっていうの？」

俺はゆっくりと首を横に振ると、春雨の目を見て言う。

「そうじゃない。何て言えばいいか分からないんだけど……あーちゃんさんは……その……可燃物だから……。花火は苦手なんじゃないかな……」

春雨はハッとした表情で俺とあーちゃんさんを何度か交互に見ると、残念そうに壁に立てかけた。

海から吹く穏やかな風が、縁側に潮の香りを運んでくる。

俺たちは宿の縁側を借りて花火をやることにした。バケツに水を用意し、新井が持ってきてくれた花火を広げ、それじゃあ始めるか、と思ったところで新井が深刻な顔をしていることに気が付いた。

俺は深刻な顔の新井に声を掛ける。

「どうしたんだ？　そんなに深刻そうな顔をして」

新井は右手を顎に当てたまま、俺の方を向いて答える。

「小湊くん、バケツ……一つだけで足りるかしら」

「うん？　俺たちは四人しかいないし、一つあれば充分だと思うけど」

「いえ、そういう意味じゃなくって……。小湊くんは、今、携帯電話は持ってる？」

花火をやるのになぜケータイが必要なのだろうか。俺はスマホが入っている方のポケットをぽんと叩くと新井に言った。

「ケータイなら持ってるけど、何に使うんだ？」

俺の答えを聞くと、新井は安心したように息を吐いた。

「よかった……私、部屋に置いてきちゃって……。これで、もし怪我人が出ても火事が起きても、すぐ消防に通報できるわね」

「ちょっと待て。そんなに大事にはならないとおも」

ならないと思うぞ。俺がそう言い終わらないうちに食い気味に口を開く新井。

「小湊くん、備えあれば憂いなしよ。後は避難経路の確認と、ＡＥＤも必要ね。私たちの血液型を書いたヘルメットも準備しておいた方がいいかしら。あ、それと所轄の消防署へは事前に届出を出しておいた方がいいわよね。近隣の方々への挨拶と、念の為、遺書も書いておきましょう？」

花火をやるために遺書を書くなんて、どこの世界の話なんだ……。

庭先でやる花火でどんな大惨事を想定しているのだろうか。俺は、あれもこれもと羅列する新井の肩を掴むと、新井の目をじっと見ながら言う。

「……大丈夫だ。みんなのことは俺が守る……絶対に、誰も死なせない！」

新井は俺の真剣さに気圧され、ごくりとツバを飲み込むと腹を括ったように口を開いた。

「……分かったわ……私たちの命……小湊くんに預けます」

どうしよう。命を預けられてしまった。

これから魔王の城に乗り込む直前のような会話をしている俺と新井に、春雨が待ちきれない様子で声を掛けた。

「ちょっとー、ゴミナト何やってんの？　早く始めるわよ！」

春雨は両手に花火を持ってぶんぶんと振り回している。

俺は叔父さんから借りたライターでロウソクに火を灯すと庭の土に立てた。春雨は勢い込んでこちらに来ると、手に持った花火をロウソクに近付ける。春雨の手に持たれた花火から、キレイな火花が吹き出した。

「悪い。それじゃあやるかー」

俺も新井も紙山さんも、そんな春雨に続いた。

色とりどりの火花が俺たちの顔を明るく照らす。火薬の匂いが花火の雰囲気を一層盛り上げている。新井も、春雨も、そして多分紙山さんも。みんな笑顔で綺麗な火花を眺めた。

潮風香る夏の夜の縁側で、俺たちはしばらくの間花火を楽しみ、何度も声を出して笑った。

新井の持ってきてくれた花火もほとんど終わり、最後に大きな打ち上げ花火を残すのみとなった。

俺は、縁側から少し離れると打ち上げ花火を地面に置いた。そして、ポケットからライターを取り出して、導火線に近付ける。

「少し離れてろよー、それじゃ……行くぞ！」

俺は導火線に点火すると、みんなのところへ小走りに戻り花火を見つめる。導火線の小さな炎が打ち上げ花火に徐々に近付き、やがて中へと吸い込まれる。一瞬の静寂の後、腹に響くような大きな爆発音。夜空へ一筋の光が向かったかと思うと、ぱっと大きな花火が開く。

俺の隣で空を見上げていた紙山さんがぽつりと呟いた。

「きれい……」

俺は、花火から紙山さんへと視線を移す。紙山さんは今どんな顔をして花火を見ているんだろう。

空では、打ち上げ花火の余韻がはらはらと舞い散り、やがて消えた。

「あー……終わっちゃったね……。凄くきれいだったね、小湊くん……！」

紙袋に開けられた穴から、にっこりと笑う二つの瞳が俺を見る。そうだな、と俺も微笑み返す。

気持ちの良い潮風が俺たちの間を通り抜けた。空には満天の星。俺と紙山さんは、どちらからともなく夜空へと視線を移し、空に広がる天然の花火を眺めた。

そうして少しの間夜空を眺めた後、俺はみんなに向け言った。

「さて、それじゃ片付けて部屋に……もど……」

俺はそう言いながら紙山さんの方を向く。すると、紙山さんの後頭部に何やら薄くモヤがかかっている。俺の視線に気付いた紙山さんが口を開く。

「どうしたの……？　私の顔に何か付いてる……？」

「いや……紙山さん……何か頭の後ろの方が……」

紙山さんの後頭部にかかっていたモヤは、だんだんと濃い灰色の煙のようになってきていた。というか煙だった。

まさか……燃えているんじゃ……？

「紙山さん……ちょっと後ろ向いてもらってもいいか……？」

俺に言われるがままに後ろを向く紙山さん。

そして、俺は見た。

紙山さんが被っている紙袋から、もくもくと黒煙が上がっているではないか！

さっきの打ち上げ花火の燃えカスが紙袋に落下し、運が悪いことに引火してしまったらしい。

「紙山さん！　火が！　頭に火がついてる！」

「……え？　……あつっ！」

後頭部を触り慌てる紙山さん。俺は辺りを見回すと新井に叫んだ。

「新井！　そこの花火で使ったバケツを寄越せ！」

「は、はい！」

新井は急いで足元にあったバケツを持つと、俺に手渡す。俺は新井からバケツを受け取ると紙山さんに向けて振りかぶる。

「ああー花火も星空もきれいだったわね……アタシもいつか宇宙と一つになって……ってちょっと！　何やってるのよゴミナ……きゃああ！」

紙山さんの異変に気付いていなかった春雨が、突然の俺の行動に驚き、転びそうになった拍子に俺の腕を掴んだ。

勢いよく振りかぶった俺の腕に春雨が絡み付き、バケツがあらぬ方向へと飛んでいく。

バケツは夏の夜空にきれいな放物線を描くと、中に入っていた水ごと紙山さんの頭にすっぽりと被さった。

頭からバケツを被った紙山さんは、しばらくその場で立ち尽くしていたかと思うと、バケツの中からか細い声を出した。

「ありがとう……お風呂……入りたいから……片付けお願いしても……いい……？」

「ああ……いってらっしゃい……なんか、ごめん」

バケツを被ったまま浴場へ向かう紙山さんを見て思う。紙袋を被ったまま生活するのは大変なんだな……と。

■小湊波人は紙山さんと会話をする

電気の消えた和室の布団の中。俺は一人、天井を見ていた。襖の向こうから聞こえていた女子トークも、今では穏やかな寝息に変わっている。

海に花火に遊び疲れたのだろう。かく言う俺も体は疲れているのだが、枕が変わると眠れない性分のせいか、すっかり目が冴えてしまっていた。

天井を眺めながら今日の出来事を思い返す。

新井から提案された時は、正直面倒だなと思った合宿だけど、こうしていざ来てみると案外楽しいものだった。そういえば、練習らしい練習をしていないことに気が付いたけど、みんなでこうして普通に遊ぶだけでも会話の練習になるか、と思い直す。

俺が布団の中でそんなことを考えていると、こちらと女子の部屋とを隔てている襖が静かに開いた。

襖の向こうから紙袋がゆっくりと現れる。紙山さんだった。

紙山さんは、足音が立たないようにそっと畳を踏むと、俺の足元を通り部屋の出口の方へと向かう。

俺がその姿を目で追っていると、紙山さんがこちらの視線に気が付き小声で言った。

「あ……ごごごめんなさい……起こしちゃっ……た……？」

「いや……なんだか眠れなくって、ずっと起きてたよ」

「そうなんだ……。実は、私も眠れなくって……。外に涼みに行こうかなって思って……」

紙山さんはそう言うと、照れくさそうに肩をすくめた。俺は布団から体を起こすと紙山さんに言う。

「それなら、ちょっと外で話でもするか」

月明かりが照らす宿の縁側に、俺たちは並んで腰を下ろした。花火をしていた時とはうって変わって、今ではすっかり静寂に包まれている。

俺は玄関先に設置されていた自販機で買ったオレンジジュースを紙山さんに手渡すと、自分のコーラの蓋を開け紙山さんへ話し掛けた。

「そういえば、入学式の日もこうして二人でジュース飲んだよな」

「そ……そそそ……そうだね……」

「あの時は、突然担がれてどうしようかと思ったよ」

俺が笑いながら言うと、紙山さんはバツが悪そうに答えた。

「ああアアああの時は……気が動転しちゃって……。ごめんね……迷惑だった……よね……？」

「迷惑だった」

「だだだだだだよねだよね……！　ごめん……ね……！」

紙山さんの紙袋から出た黒い髪が、夏の夜風に揺れる。俺は、大きな体を小さくしている紙山さんに言う。

「……迷惑だったけど、アレがなかったら会話部だって作ってなかったはずだし、今こうして合宿にも来てないと思う」

紙山さんはゆっくりとこちらに紙袋を向けると、俺の話を黙って聞いている。

「アレがなかったら春雨とも出会わなかっただろうし、新井ともただのクラスメイトだったんじゃないかな。それに、紙山さんとも。だから……まぁ、良かったんじゃないかな」

「小湊……くん……」

紙山さんは、紙袋の中から声を出した。

「ありがとう……そう言ってもらえて嬉しいな……。あの……私……少しは会話……上手くなってる……かな……？」

紙袋に開いた穴から、ぱっちりとした瞳が俺を見た。夏の夜空に散りばめられた星が、紙山さんの大きな瞳の中で輝いている。

俺は思う。会話の上手い下手とはなんだろう。

紙山さんは異常な恥ずかしがり屋だ。話し掛けられれば大汗をかくし、部活見学に行けば部員にトラウマを植え付ける。紙袋を被って登校してきたり、水泳キャップを縫い合わせたマスクを装着し、新種の怪談のような姿で海を泳いだりもする。

だけど、紙山さんは紙山さんなりに、口下手でも体全体で感情を表現している。

確かに会話はまだまだ上手とは言えないかもしれないけど、言葉なんて伝達手段の一つでしかない。たとえ、言葉で上手く伝えることが出来なくたって、こうして一緒に過ごしていれば、紙山さんからは色々な感情が伝わってくる。

上手くは言えないけど……それでいいんじゃないかな。

俺は、紙山さんの瞳の中に輝く星を見ながら、柄にもなくそんなふうに思っている自分がいることに気が付いた。

俺は、そのことを伝えようかと思ったが、口を開きかけたところでやっぱりやめることにした。意識させすぎてまたぎこちなくなってしまっては元も子もないし、何より俺自身が恥ずかしかったのだ。こんなことを照れずに伝える自信が無かった。だから、言葉で伝える代わりに、俺は紙山さんの方を向くと、優しく微笑んでみせた。

どう伝わったかは分からない。分からないが、分かる。

紙山さんは俺の笑顔を見て安心したのか、小さく肩をすくめてみせた。

それから俺たちは、宿の縁側に隣同士で腰かけたまま、出会ってから今までの思い出話に花を咲かせた。入学式のことや部活見学のこと。春雨との出会いに、街に買い物に行ったこと。

色々な話をして、何度も笑いあった。

静かな夏の夜。空に星。隣には、恥ずかしがり屋な女の子。

俺の脳裏にふと、こんな疑問が浮かんだ。

——傍から見たら、俺たち……恋人同士にでも見えるのだろうか？

こんな甘酸っぱい疑問を挟む余地も、今の俺たちには、ほんの少しだけならあるのかもしれない。もしこの場面を写真に撮って百人に見せたら、その中の一人くらいは恋人同士の甘いひと時に見える人がいるかもしれない。

こんな夏休みもいいもんだな。

きれいな夜空を見上げ楽しそうに話す紙山さんの声を聞きながら、俺はそんなことを考えていた。

俺たちの会話がひと段落したその時、紙山さんがふいに俺に質問した。

「あの……その……。こ、小湊くんは、気にならないの……？」

唐突な質問に俺は聞き返す。

「気にならない、って……何が？」

「私の……この、紙袋のこと……。なんで被ってるのかな、とか……」

気にならないと言えば嘘になる。いや、むしろ超気になる。

俺は自分の気持ちに正直に答えた。

「ああ、そういうことか。気にならない……と言えば嘘になるかな」

てっきりまた、体中から大汗をかいて、縁側が洪水にでもなるかと思っていたのだが、俺の予想に反して紙山さんは汗もかかず、紙袋をびっしょりと湿らせもせず、ゆっくりと口を開きはじめた。

「そう……だよね。あのね……私が紙袋を被るようになったのは、小学校の三年生の頃からなんだ」

俺は頷きながら、そうなんだ、とだけ言う。

「私って、今も身長が大きいんだけど、その頃から周りのみんなよりほんのちょっとだけ背が大きくってね……」

少しだけ気になった俺は質問を挟む。

「ほんのちょっとって、どれくらい？」

「当時で……確か一七八センチくらいだったかな……」

ほんのちょっとというレベルを超えていた。

「それは……まぁ、確かにな……」

「それでね……それが凄く恥ずかしくなって。身長のことを気にし始めたら、今度は人とお話しするのも出来なくなってきてね……」

紙山さんはそこまで言うと、まるで当時のことを思い出しでもしているかのように夜空を見上げた。一つのことが気になり始めると他の全てても気になってしまうなんてことは、この件に限らずよくあることだろう。

俺は紙山さんの言葉を待つ。

「それで……それでね……。いったん気になりだしたら、気が付いたら誰ともちゃんとお話し出来なくなっていて……。気が付いたら友達もいなくなって。それで……誰とも遊べないから一人で遊ぶようになったの。学校の友達が誰も行かないような遠くの公園にわざわざ行ってみたりして……」

紙山さんはそう言うと、ちょっとだけ悲しそうに笑った。俺は全然笑えず、むしろ心が痛くなるのを感じた。そんな俺を余所に紙山さんは続ける。

「その日もね、遠くの公園に行って一人で遊んでたんだ。そうしたら……変わった男の子に出会ったの」

そう言いながら懐かしそう笑う紙山さんに、俺は質問する。

「変わったって、どんなふうに？」

まさか紙袋を被った初代紙袋マンということもあるまい。

俺の質問に、紙山さんは言葉を続ける。

「その男の子……私の遊んでいた公園に紙袋を被って入ってきたんだよ……？　ちょうど今、私が被っているみたいに……。私が言うのもおかしいけど、ちょっと変わってるよね」

まさかの初代紙袋マンだった。

俺がいつものようにツッコミを入れようとして口を開きかけたその瞬間――俺は、何かとても大事なことを思い出しそうになった気がしてとっさに口を閉じた。

何かとても。とても大事な記憶の蓋が、今、一瞬開きかけたような気がした。

何も言わない俺に、紙山さんは続ける。

「その男の子は私を見るなり、紙袋を被ったままこう言ったの。『うわーデカい！　カッコイイ！』って。今まで大きくてからかわれることはあったけど、かっこいいなんて言われたことなくって……。ちょっとだけ……ううん……すごく嬉しかったな……」

かっこいいと言われ自信を取り戻し、背が高いことを気にしなくなった、というならこれもよくある話だ。だが、俺の知っている紙山さんは恥ずかしがり屋のままじゃないか。

開きかけた記憶の蓋を頭の片隅で気にしながら、俺は紙山さんに質問する。

「な……なるほどな。でも、その男の子との出会いがなんで紙袋を被ることになるんだ？」

「うん……その男の子としばらく公園でお話ししたんだ。背が高いことで悩んでるとか、人と話が出来なくて悩んでるとか。そうしたらね……その男の子、そんなこと全然気にすることないって言ってくれたんだ。背が高いのはカッコイイ、とか、強そう、とか。あと『ビッグマンみたいだ』とかも言ってたっけ」

「ビッグマンて、あの『仮面刑事ビッグマン』のこと？　そういや昔流行ってたよなー。俺も大好きだったなぁ、ビッグマン」

「あ、小湊くんもビッグマン好きだったんだ。その男の子もね、ビッグマンが好きだったみたいでね」

仮面刑事ビッグマン。

俺が小学校低学年の頃に一世を風靡したヒーローアニメだ。普段は小心者で背も低い刑事の主人公が、正義の力で身長二メートルを超える仮面刑事ビッグマンに変身し、身長も力も、ついでに気も大きくなって悪を倒すという、よくある設定のヒーローものだ。正体を隠すために仮面を被って現れる背の高いヒーローだから、仮面刑事ビッグマン。

今思えば安直もいいところなネーミングだし、ご都合主義満載なストーリーだったけど、当時の俺はそのヒーローが大好きだった。

俺も昔は背が低い方だったからそのアニメにドハマリして、ビッグマンのお面を被り、町をパトロールのつもりでうろうろしたりしていたっけ。それに、お面が無いときには……。

あれ……？

お面が無いときには……俺は、どうしていたんだっけ……？

またも記憶の蓋が、今度は嫌なふうに開きかけた気がした。

俺が懸命に思い出そうとしていると、紙山さんはそんな俺のことなど気にも留めず、昔話を続ける。

「その男の子も小湊くんと同じでビッグマンが大好きみたいでね。それで、お面の代わりに紙袋を被っていたんだって」

遠い目、もとい遠い紙袋穴をする紙山さんを余所に俺の頭はフル回転していた。

ビッグマンが大好きだった当時の俺。

ビッグマンのお面を被って町をパトロールしたりしていた。

とはいえ、お面などいつも持ち歩いているはずもない。

お面が無い時には……俺は……お面の代わりになる何かを使って……。

紙山さんは続ける。

「それでね、その男の子が私に言ったの。ビッグマンは、変身することで身長と力が。仮面を被ることで気が大きくなる。それで悪を倒すんだ。お前はもう身長も力もある。足りないのは――」

紙山さんのこの言葉で、俺の記憶の蓋が完全に開いた。

俺は、紙山さんの言葉を待たず、その先を自分の口から発した。

「足りないのは、仮面だけだ……か？」

俺の言葉に、紙山さんは俺の方を向くと、紙袋の内側から驚いた声を出した。

「うん、よく分かったね。ビッグマンが好きな人なら分かっちゃうのかな」

違う。

俺が分かった理由は、そういうことじゃない。

そう言って紙山さんは微笑むと、懐かしそうに空を見上げながら話の先を続けた。

「私、すっかりその男の子に勇気づけられて……。その男の子、ビッグマンのお面の代わ

りに紙袋を被ってたんだよ。おかしいよね。町で紙袋を被ってるなんて変だよね。それなのに……私にはすごく堂々として見えて……。とても自信満々に見えてね……。それで、その男の子とお話ししていて思ったの。私もあんな風に、人と堂々とお話し出来たらな、って」

紙山さんはそう言うと懐かしそうに笑う。

だが、俺は笑えなかった。

紙山さんは続ける。

「それでね……その男の子。私に紙袋を差し出しながら、すごく堂々とした態度で言ったの。『お前も今日からビッグマンだ。お前は俺より背が高い。ビッグマンの素質がある。俺と一緒（いっしょ）に町を守ろう！』って。私ね、町を守ろうとかは思えなかったんだけど……そうだ、私はビッグマンじゃなく、その男の子みたいになろう。なれたらいいなって、その時思ったんだ。私が紙袋を被り始めたのはそれから……」

昔話をしながら、懐かしそうに笑う紙山さん。

だけど俺は笑えない。

紙山さんの話がつまらなかったわけではない。昔話の中に出てきた男の子の行動におかしみを感じなかったわけでもない。

俺が笑えなかった理由――それは、俺が紙山さんの昔話の中に出てきた『男の子本人』だからだ。

紙山さんの話を聞いて全てを思い出した。

当時、小学校三年生だった俺は、毎日のようにビッグマンごっこで遊んでいた。お面を被り、お面が無い時には紙袋を被り、パトロールと称して町を歩いて回る。くだらない遊びだ。

そんなある日。俺は一人の女の子と出会った。公園で出会ったとても背の高いその女の子は、自分の背が高いことを悩んでいた。

俺は、ただ純粋に背が高いことを格好いいと褒めそやし、力が強いことを格好いいと絶賛した。そして、女の子に紙袋を渡し、ビッグマンになるように勧めたのだ。

その女の子が、今、俺の目の前にいる。

今もなお紙袋を被り、夏の夜空を見上げ、俺の隣で当時を懐かしむように微笑んでいる。

当の俺はというと、ビッグマンのアニメが終了すると同時に熱も引き、気が付けば、こうして普通の高校生になっていた。

それなのに――

俺は紙山さんに質問する。

「……なぁ、紙山さん。その男の子のこと、今はどう思ってる？」

　俺の言葉が届くと、紙山さんは夜空から視線を下げ俺の方を向く。

「どうって？」

「今、紙山さんが紙袋を被ってるのって、ソイツから紙袋を託されたからなんだろ？　あの時、もし出会っていなければ、とか……恨んでる……とかさ」

　俺の言葉を聞くと、紙山さんは紙袋を左右にぶんぶんと振りながら答えた。

「う、恨んでるとか、そんなこと全然ないよ！　さすがにビッグマンみたいに町を守ろうとかは思えなかったけど、私はその男の子みたいになりたいなって思って今まで……ううん。今も頑張ってるんだ。でも……今度は逆に紙袋を被ることが当たり前になっちゃって、紙袋を被っていないとダメになっちゃったから、その男の子みたいには全然なれなかったんだけどね……。あ、でも……。でも、小湊くんや新井さん、それに、春雨ちゃんとは少しはお話しできるようになってきたと思うんだよ。だから、もっと頑張ろう、あの男の子みたいに……って。そんなふうに思ってる……よ……？」

　そう言ってこちらを見る紙山さんに、俺はかすれた声で、そうか、とだけ言うのが精いっぱいだった。

その後、俺たちは何も言わず、ただ夜空を見上げていたが、しばらくして紙山さんの方から小さいあくびが聞こえてきて、俺たちは揃って部屋に戻った。

俺は、自分の布団の中で天井を眺めながら考える。

紙山さんの紙袋。アレは、俺が渡したものだった。俺が勧めたものだった。出来ることなら何とかしてやりたい。いや、俺には何とかする責任がある。だけど、いったいどうやって。

結局——俺はこの日、一睡も出来なかった。

紙山さんと紙袋

■小湊波人は一人考える

会話部の合宿も終わり、あれから一週間が過ぎた。

学校もまだ始まらない夏休みの終盤。俺は相も変わらず非生産的な毎日を過ごしていた。

毎日のように新井や春雨、それに紙山さんから俺のスマホのメッセージアプリには連絡がある。部活には来ないのか、という内容だ。

彼女たちは、どうやら合宿が終わってからも律儀に学校に行き、部活にいそしんでいるようだった。

だが、俺は全く行く気が起きず、かといって何もする気も起きず、ただひたすらに自室に閉じこもり、例の件の解決策を考えていた。

例の件とは、そう。紙山さんの紙袋のことだ。

合宿で紙山さんから聞いた昔話に出てきた男。紙山さんが、高校生になっても紙袋を被らないと生活出来ないようにしてしまった張本人は、他の誰でもない、俺自身だということが、俺の心にどんよりとした雲を落としていた。

俺は自分の部屋のベッドにだらっと横になり、足を雑に投げ出すと、考える。

当時の俺が紙山さんと出会っていなかったら、と。

もし出会っていなかったら、今の紙山さんはあんなふうだったのだろうか。

俺は考える。いや、そうじゃないだろう。

少しばかり背が高く、照れ屋な女の子だったのかもしれないが、少なくとも紙袋を被るという暴挙に出ることは無かったはずだ。

俺は考える。もし俺と出会っていなかったら、紙山さんはもう少し……いや、かなりまともな高校生活が送れていたんじゃないか。

俺は考える。もしそうだとしたら、俺は……当時の俺はとんでもないことをしてしまったことになる。

出来ることなら、今からでも紙山さんに紙袋を被らずとも生活出来るようにしてあげたい。

俺は考える。俺が撒いてしまった種だ。俺が解決しなければいけない。

俺は、考える。だが、一体どうやって……。

こんな思考の堂々巡りを、ここ一週間ほど延々と繰り返しては、場当たり的な解決策を思いつき、それを投げ捨てていた。

俺がやってしまったことは、俺の力で解決しなければいけない。でも、その方法が分からない。

いっそのこと全てを忘れ、何食わぬ顔で部活に顔を出し、そこで紙山さんに振り回されたり、春雨をからかったり、時々新井に怯えたりする毎日過ごしてしまおうかとも思ったが、やはり、そんなことは俺には出来そうもなかった。

この日も一向に考えはまとまらず、解決策など到底思い浮かばなかった。ベッドの上でくしゃくしゃっと頭をかきむしり、起き上がろうかと思ったその瞬間。

ベッドの脇に置いてあった俺のスマホから、間の抜けた通知音が響いた。それも、立て続けに三件。

投げやりにスマホを掴み、通知の正体を確認する。

それは、新井から。春雨から。そして、紙山さんからのメッセージだった。みんなそれぞれに、合宿以来ほぼ連絡が取れなくなっている俺を心配している内容のメッセージが届いていた。

俺はそれぞれのメッセージを確認すると、返事を打つためにスマホの画面をなぞる。何度か文章を書いては消し、新たに文章を書いてはそれも消す。

正直、何て返信すればいいか分からなかったのだ。

　二度三度とそれを繰り返し、結局、どんな言葉も返す気になれなかった俺は、文字を打つ指を止める。ふーっと大きくため息をつき、握っていたスマホを投げ出そうとしたその時。今度は通知音ではなく、着信音が鳴った。画面には、春雨、とある。

　出るつもりなど無かったのだが、俺の指が誤って通話ボタンに触れてしまい、スマホから春雨の声が響いてくる。

　俺は仕方なくスマホに耳を付ける。

「……もしもし、小湊だけど」

『も、もしもし？　あの、あの、あーちゃん？　元気？　アタシだけど……』

　いつもの春雨だった。

　あいつ、電話でもこんな調子なのか。そう思うと笑いがこみあげてくる。

　俺はそんな春雨に、思わずいつもの調子で軽口を返す。

「なんだお前か……。生憎だがあーちゃんさんなら俺の隣で寝てるぞ。今代わろうか？」

『え？　あ、あああああアンタななななな何言ってんの？　あーちゃんなら今アタシの部屋の壁に立てかけて……じゃなかった、えっと電話に出て……る……のはゴミナトだし……。えっと……えっと……』

　電話口でしどろもどろになっている春雨に、俺は思わず爆笑してしまった。

俺の爆笑を聞いた春雨は、電話の向こうでがなり立てる。

『ア、アンタねぇ。失礼にもほどがあるわよ！　この一週間何してたのよ！　あの……その……。心配してたのよ……？　あ、心配って言っても、新井さんや紙山さんだけよ！　アタシは心配なんかしてなかったんだからね、勘違いしないでよね！』

「そっかそっか、ごめんな心配かけて。それと、ありがとうな春雨、心配してくれて」

どうやらとても心配をかけていたらしい。俺は、珍しく素直に謝り、礼を言った。

俺の言葉を聞いた春雨は、尚も慌てふためきながら続ける。

『バ、バカね！　アタシは心配なんてしてないって言ってるじゃない。えっと……そ、そう、心配するどころか、次にゴミナトに会った時に一撃で殺せるよう、毒手の習得に勤しんでたくらいよ、バカ！　恐ろしい毒で死すがいいわ！』

毒手を習得しようとしている女子高生などいない。嘘をつくにしても、もっとこう……普通の武術とか持って来いよ……。

俺は、心の中でそんなツッコミを入れながらも、相変わらず過ぎるくらい相変わらずの春雨に、なんだか少しだけ救われたような気持ちだった。

「ああ悪い悪い、そうだったな。春雨は俺のことなど心配していない。それは分かった。……んで、何か用でもあるのか？」

すると春雨は、今まで怒鳴(どな)っていた声のトーンを落として言う。

『何の用……っていうか。あの……そのね……。小湊、最近部活来ないじゃない……？　だから、何か悩みでもあるのかな……って。あ、あの！　あの……。もしアタシでよかったら、相談くらい乗ってあげてもいいかな……って……思っ……て……』

スマホの向こう。最後の方は消え入りそうな声で、春雨が言う。

相談に乗る、か。

だが、これは俺と紙山さんの問題だ。もっと言えば俺自身の問題だ。俺が一人で解決しなければいけない。

この一週間、何度も何度も繰り返し考えてきたことが頭の中を駆(か)け巡(めぐ)り、俺は電話だというのに黙り込んでしまった。

『……しもし……？　ねぇ、もしもーし。小湊、聞こえてる？　おかしいわね……電波が悪いのかしら……』

スマホの向こうで春雨の声がする。

そんなに大した問題じゃないよ、そのうち部活にも顔を出すから心配すんな、と口を開こうとしたその時。

電波が悪いと思い込んだ春雨の独り言が俺の耳に届く。

『もしもーし……。ダメね……通じてないみたい。全く……何があったか知らないけど、小湊も言ってくれればいいのに……。小湊は大事な部活の仲間なんだから。それに……それに大事なともだちなんだしさ……。小湊の問題はみんなの問題じゃない……。何かあるなら相談してくれればいいのに。むしろ相談して欲しいのに……。まぁ、こんなこと絶対に本人には言えないんだけど……』

大事な仲間。大事な友達。

春雨の言葉を聞いた俺の口から、俺すらも予想してなかった言葉が自然と零れ落ちた。

「……大事な……仲間？」

『そうよ、大事な仲……間……ってゴミナト？　な、なんで？　電波が悪かったんじゃなかったの？　もしかして……さっきのアタシの話、全部聞こえてたの？　……も、もう、こうなったら毒手で心臓を貫くしかないんだから！　右心房と左心室を入れ替えてやるんだから！』

ずいぶんと変わった毒手だことだ。

電話の向こうで慌てる春雨の顔が浮かぶようだった。

俺は、がなりたてる春雨を無視して言葉を続ける。

「なぁ春雨。お前今、相談して欲しいって言ったか？」

『……い、言ってないけど！　絶対言ってないけど！』

俺は真剣(しんけん)な声のトーンで春雨に詰(つ)め寄(よ)る。

「わるい、もう一回聞いていいか？　相談して欲しいって、お前は今、言ったのか？」

今度は観念したような春雨の声。

『……い、言ったわよ。言ったけど……？　それが何よ……』

俺はもう一度聞く。

「大事な仲間とか、大事な友達って、お前は今言ったか？」

『言ったわよ……だからそれがな』

それが何よ。そう言いかけた春雨の言葉を遮(さえぎ)るように、俺の口からは言葉がどんどん零れ落ちる。

「俺の問題は、みんなの問題って言――」

今度は、俺の言葉を春雨が遮った。

『だから言ったってば！　それが何だっていうのよ！　言ったわよ……。だって……小湊はアタシの大事なともだちじゃない……。多分、新井さんだって、紙山さんだって同じ気持ちだと……思うわよ？　な、何言わせるのよ！　恥ずかしいじゃない！』

春雨の言葉が、なぜだか俺の胸にストンと落ちた。

俺は、気が付いたらこんなことを口にしていた。

「俺は……俺はお前らに相談してもいいのか？」

電話口の春雨は、小さくため息をつくとこう言ったのだ。

『……いいわよ、当たり前じゃない。……で、何があったのよ？』

■小湊波人と新井陽向と天野春雨は行動し、紙山さみだれもまた考える

夏休みの最終日。

俺は一人、とある公園に来ていた。時刻は午後六時。太陽は徐々に西の空へと沈みかけ、空はきれいな茜色に染まっている。

公園には誰もいない。誰も遊んでいないブランコや砂場。それに、今ではあまり見かけなくなったジャングルジムが、寂しそうに夕方の公園を彩っている。

俺は夕暮れの公園に足を踏み入れると、ジャングルジムの方へ向けてゆっくりと歩きながら呟く。

「さて……と。アイツらの準備は終わってるんだろうか……。予定時刻まではあと少しあるし、俺の方も今のうちに確認しておくか」

俺は歩きながらズボンのポケットの中に手を突っ込み、ちゃんと『例のモノ』が入っているかを確認する。

ポケットに入った俺の指先に、カサカサとした感触があった。

確かにある。

俺はジャングルジムの下まで行くと、十字に張り巡らされた鉄の棒の一本にひょいと足を掛け、上に向かって上り始めた。

手と足を交互に鉄の棒に掛けながら、今日これから起こることを頭の中で予行演習し、ゴクリと唾を飲み込む。

昔はあんなに大きく感じたジャングルジムも、高校生となった今では小さく感じる。

俺はあっという間にてっぺんまで上り終えると、最上段に腰を下ろし、さっき確認したポケットの中身を取り出してこれから起こることへ備えた。

これからこの公園に、紙山さんがやって来る。

夏休みの最終日だし、部活のみんなで集まって花火でもやらないか？

俺から紙山さんに、そう提案したのが二日前。

だが、これから俺が……いや、俺たちがやろうとしていることは花火なんかじゃない。

これから俺たちはここで——

俺がこれからのことを考えていると、ふいにスマホの通知音が鳴った。

画面を確認するとメッセージアプリの通知が二件。新井と春雨から、それぞれ『準備OK』とだけ入っていた。

どうやら二人も準備が終わったようだった。

俺は、もう一度これからの段取りを頭の中で思い描き、茜色の空を見上げながら数日前のことを思い出す。

数日前。春雨に相談に乗ってもらった俺は、その後すぐに新井にも相談を持ちかけた。二人からは揃いも揃って『なんでもっと早く相談してくれなかったの?』という大変ありがたい言葉を頂戴し、三人で紙山さんの紙袋を脱がせる策を練った。

もちろん無理矢理脱がせるわけではない。紙山さんが自分から紙袋を脱ぎ、素顔で生活できるようになる作戦だ。そうして俺たちは『とある作戦』を思いつき、今日これから、その作戦を実行に移す手筈になっていたのだ。

あとは紙山さんの到着を待つばかり。みんなで考えた作戦は頭に入っている。

だけど。だけど、これで本当に上手くいくのだろうか。この方法でいいのだろうか。

ジャングルジムのてっぺんに腰かけた俺の心に、不安の波が何度も押し寄せて来るのを力ずくで押し戻す。

大丈夫、みんなで考えたんだ。きっと上手くいく。いや、絶対に上手くいかせるんだ。

俺が自分に言い聞かせていると、公園の入り口に人影が見えた。

人影は、紺色のロングスカートに、Tシャツの上から白い薄手のサマージャケットを羽織っていた。足元は、ヒールの低い涼しげなサンダル。そして、頭には茶色い紙袋をすっぽりと被っている。

紙山さんだ。

俺は、紙山さんがこちらに気が付く前にジャングルジムの最上段でくるりと背中を向ける。

しばらくして、俺の背中の方から紙山さんがこちらに小走りにやってくる音が聞こえてきたかと思うと、ジャングルジムの下から、俺を呼ぶ声が聞こえてきた。

「お、お待たせ……小湊くん。新井さんや春雨ちゃんはまだ来てないの？」

だが、俺は答えない。

紙山さんは、返事が無い俺の背中に不安そうな声を掛ける。

「あの……えっと……。小湊くん……だよね……？　紙山だよ、おまたせ。今日、ここでみんなで花火をやるって……」

俺は、静かに座ったまま、心の中では思いっきり、自分を奮い立たせた。

ここまで来たら、後はやるだけじゃないか。頑張れ波人！

俺は紙山さんの呼びかけを無視しながら、俺の手に握られていたモノをじっと見つめ、そしてソレを自分の頭に被せた。俺が今被ったもの。

それは、紙袋だ。

紙山さんがいつも被っているような、茶色で無地の紙袋を俺は自分の頭部に装着し、ジャングルジムの最上段で勢いよく立ち上がる。

そして、紙山さんの方を振り返ると、公園中に響き渡る声でこう言った。

「ひ……ひ……久しぶりだな、いつかの少女！　俺の事……覚えているか？」

最初の方は、恥ずかしさのあまり声が震えてしまったんだけど、それを何とか堪えて台本通りのセリフを言う俺。

俺の紙袋に開けられた穴から、紙山さんが見える。

紙山さんもまた、自分の頭に被った紙袋の穴から俺の方を見上げてぽかんとしている。

もし、この場面を何も知らない人が見たら、やっぱりこう思うだろう。

間違いない、変質者の集会だ、と。

俺は紙袋の内側で少しだけ自嘲気味に口元をほころばせた。だが、そんなことなど今はどうでもいい。

俺はあっけにとられている紙山さんに向けて次のセリフを言う。

「あれから何年経(た)ったかな。今日はお前に伝えることがあってここに来た！　そう……お前と初めて出会ったこの公園でな！」

　すると、紙山さんは茶色の紙袋の内側から、なんとか声を出す。

「そういえばここって……！　小湊……くん……？　なんでこの公園の場所まで知ってるの……？　そ、そもそも何を言ってるのか……分からないん……だけど……」

　俺は答える。

「俺は小湊などではない！　俺の名前は……。俺の……名前は……」

　ここまで言うと、俺は言い淀(よど)んでしまった。何故(なぜ)なら、この先を言うのがもう思いっきり恥ずかしかったのだ。高校生にもなってこんなことを、しかも超大真面目(ちょうおおまじめ)に大きな声で言うのが恥ずかしくなり言い淀んでいると、公園の隅(すみ)、植え込みの中から俺への罵声(ばせい)が聞こえてきた。

「ちょっとゴミナト！　……じゃなかった……えーと、その……。そこのゴミナトじゃない人！　なに恥ずかしがってんのよ！　いいからちゃんとやりなさいよ！」

　春雨の声だ。

　紙山さんはさっき春雨の声のした方へ紙袋を向けると、また俺の方へ紙袋を向けたり、また戻したりしながら、ジャングルジムの下で困惑(こんわく)している。

すまない春雨。助かった。ここまで来て、俺は何を恥ずかしがっているんだ。

俺は、恥も外聞も投げ捨てて声を限りに叫ぶ。

「俺は……俺の名前は、仮面刑事ビッグマン！　今日はお前に伝えたいことがある！」

今まで呆気にとられていた紙山さんが、呆然としながらも言葉を発する。

「えっと……小湊くん……だよね？　それに、さっきのは春雨ちゃん……でしょ……？　二人とも何を……。あの……新井さんは……？」

この紙山さんの言葉に応えたのは、植え込みの中の声だった。

「出たわね、仮面刑事！　ア、ア、アタシの魔法の前に今度こそ倒れるがいいわ！　お前を倒して、この町はアタシが征服してやるんだから！」

俺と紙山さんは、同時に声のする方向へ紙袋を向けた。

そこには、植え込みの中から颯爽と！　……とはいかず、植え込みに何度も引っかかりながらなんとか現れた魔法少女の姿があった。

ふりふりでふわっとした真っ白のスカートに、同じくふりふりのシャツ。手には魔法のステッキを持ち、髪の色は真っ赤。エナメル製のてかてかとした靴を履き、まるで二次元の世界から飛び出してきたのかと思うような姿の魔法少女が、そこにいた。

だが、俺たちがこれまで何度も見てきた魔法少女の等身大パネルではない。

そこにいたのは、春雨がいつも連れて歩いている魔法少女のコスプレをした、春雨本人だった。

魔法少女姿の春雨が、体中に木の枝やら葉っぱやらをたくさんくっつけて、俺たちの前に現れたのだ。

春雨は植え込みの中からなんとか出てくると、ジャングルジムの上にいる俺をビシッと指差して叫んだ。

「お、お、下りてきなさい、仮面刑事！　今日こそ決着をつけてやるんだから！」

困惑した紙山さんが言う。

「あの……春雨……ちゃん？　それに、小湊くんも……。あの……私、何が何だか――」

何が何だか分からない。そう言いかけた紙山さんの言葉を掻(か)き消すように、今度は俺が叫ぶ。

「ははははは！　悪の魔法少女よ、貴様にこの町の平和を乱させるわけにはいかない！　行くぞ！」

俺はそう言うと、意を決してジャングルジムの上から勢いよく飛び下りた。

視界が凄(すご)い速度で上下に移動する。

紙袋に開けた穴から必死に視界を確保し、足が地面に着く瞬間(しゅんかん)に膝(ひざ)を曲げ衝撃(しょうげき)を和(やわ)らげようとする。だが、それでも勢いは殺し切れず、足の裏にじーんとした痛みが伝わる。アニメのヒーローのようにはいかない。だが、俺は今仮面刑事なのだ。このことを悟られてはヒーロー失格じゃないか。

俺は極力平気な顔をして……もとい、平気な紙袋をして居住まいを正すと、魔法少女姿の春雨と対になるように、俺もまた彼女の方をビシッと指差した。

紙袋を被った怪しい男と、魔法少女のコスプレをした少女に挟まれる、紙袋を被った紙山さん。

誰がどう見ても、全く訳の分からない状況の完成である。

いつもとは違う俺たちに挟まれ困惑がピークを迎えた紙山さんは、いつものように大汗をかく。

茶色の紙袋を汗で濡らし、黒い髪の先から滴った汗が地面の色を濃くしていく。

だが、この困惑に更に追い打ちをかける出来事が起こることを、俺は知っている。

「はーい、みなさん、こちらですよー。ちゃんと私の後ろに付いてきてくださいねー」

公園の入り口の方から女の子の声がする。

俺たち三人が揃って声のする方に視線をやると、そこには、いつもの制服を着た新井の姿があった。

そして、新井に続くように小学校低学年くらいの小さな子供たちがぞろぞろとこの公園に入ってくる。どうやら、新井もしっかりと役目を果たしてくれたらしい。

俺が春雨や新井に相談し、三人で決めた作戦はこうだった。

俺は今日、仮面刑事ビッグマンとなり紙袋を被って紙山さんの前に現れる。

そこに、悪の魔法少女となった春雨が登場。二人は死闘を繰り広げた後、紙山さんの力を借りて何とかビッグマンは魔法少女に勝利を収め町に平和が戻る……という内容の寸劇を打つ。

最後は、俺こと仮面刑事から紙山さんに、もうそんな仮面など無くてもお前は立派なヒーローだ、だからその紙袋を脱ぐんだと伝えたら、俺たちの勢いに負けた紙山さんは紙袋を脱いでくれるんじゃないか、という算段だった。

そして、その寸劇を新井が集めた子供たちに見てもらう。

小さな子供たちとはいえ、衆人環視のもとで一度紙袋を取ってしまえば、学校で素顔を晒すことにも抵抗がなくなるのではないかと考えた俺たちは、顔が広い新井に観客集めを担当してもらったのだ。

我ながら頭の悪い作戦だと思う。稚拙で幼稚な作戦だとも思う。

けど、俺たちがそれぞれの個性を活かして出来ることを……と考えたとき。なんというか、コレが一番しっくりきたのだ。

それに、観客といってもそんな大それたものではなく、夏休みの終わりに暇をしている近所の子供たちが何人か来てくれればいいなと思っていた。いたのだが……。

俺は、新井に続いて公園に入ってくる子供たちの数を見て目を白黒させた。

新井の後ろに続いて入って来たのは、一学年分はいるんじゃないかと思われる大量の子供たちと、その保護者と思わしき多数の大人だ。

そしてあろうことか、警察に消防の方々までもがぞろぞろと連なって入ってくる。すべて合わせると、軽く百人は超えるだろう。

夕暮れの公園は一気に騒がしくなり、俺たちはあっという間に観客に囲まれてしまった。小さな観客たちは口々に、がんばれー！　とか、やっちゃえー！　とか囃し立てているし、大きな観客たちはヒソヒソと、ヒーローショーって聞いてたんだけど？　とか、なんで紙袋なの？　しかも二人も、とか言いながら俺たちを怪しむ視線を遠慮なくぶつけてきている。一体どういうことなんだコレは。

俺は慌てて春雨の方を見る。

だが、春雨も俺と全く同じ反応で目を白黒させている。むしろ、顔が紙袋で隠れていない分、春雨の方がダメージがデカそうだった。

俺は、観客たちの一番前に陣取り、こちらを応援するような視線で見ている新井に詰め寄る。

「ちょっと待て！　なんだこの数は！　すこしばかり子供たちを集めてくれればいいって頼んだはずだぞ？」

すると新井は、さも当たり前だと言わんばかりの口調で答えた。

「小湊くん。大は小を兼ねる、よ。私の伝手でこの公園から徒歩三〇分圏内の子供会全てに声を掛けたわ。それに、こんな時間に子供の一人歩きは危ないじゃない？　もちろんその保護者の方に同席してもらえるよう頼んでみたの！」

「……な……なら、警察や消防の人たちは何しに来たんだ……」

新井は尚もあっけらかんと答える。

「ああそのこと？　それなら、公園で出し物をするには警察の許可が必要でしょ？　それに、火薬を使うなら消防の人にも来てもらわないといけないし」

何を言い出したんだコイツは。

「火薬？　火薬なんて使う予定はな――」

使う予定はない。そう言いかけた俺に、食い気味に新井が言葉を被せる。

「いい？　よく考えて、小湊くん。観客を楽しませる為に舞台装置はとっても重要よ？　私、この作戦を実行するにあたって仮面刑事を調べたの。そうしたら、毎回最後は採石場で戦って、悪の怪人が大量の火薬と共に爆散していたわ」

そこまで忠実に再現してくれなくてもいいのだが。

俺が紙袋の中で死んだ目になっていると、新井は尚も続ける。

「だから今回も大量の火薬を用意したわ。十分な量だから大丈夫。安心して最後の技で春雨ちゃんを爆散させて！」

そう言って、俺の手を取りギュッと握る新井。

春雨を爆散させる。絶対に使わない日本語講座みたいな日本語が、そこにあった。

俺が、満面笑顔の新井の前でどうしたものかと逡巡していると、観客の子供たちからブーイングが上がった。

俺たち三人。一人の魔法少女と二人の紙袋が、いつまでもたっても動かないからだろう。

こうなったらやるしかない。観客が多かろうが少なかろうが、どうせ俺たちがやろうとしていたことは同じなのだから。

火薬とか言っていたのが気にはなるのだが、それもまぁ……きっと大丈夫だろう……。

大丈夫だといいな。

俺は腹を括ると新井に、そして大勢の観客に背を向け春雨の方へと向き直り、台本通り春雨に向かって叫ぶ。やけくそで叫ぶ。

「ま……待たせたな、悪の魔法少女よ！　この町をお前の好きにはさせない！」

俺の言葉が耳に届いた春雨は、顔を真っ赤にし、わたわたしながらもセリフの続きを発した。

「え……？　あ、ちょ……このまま始まるの？　……ホントに？　……ええい、もうやってやろうじゃない！　えーと……。ふ、ふん！　アンタなんかにこのアタシが倒せるかしら？　アタシの魔法で消し炭にしてあげるわ！　アタシの魔力、すごいんだからね！」

普通にしていればかわいらしい顔をしている春雨が魔法少女のコスプレをして俺に啖呵を切ると、観客たちは一斉に歓声を上げた。

春雨は大きな歓声にドギマギし、顔をより一層真っ赤にしながら、なんとか手に持った魔法のステッキを俺に振りかざして大きな声で叫ぶ。

「く、喰らいなさい、仮面刑事！　アタシの魔法……マジカル皆殺しフレア！」

春雨の口から物騒な呪文が放たれた。

本来なら、この物騒な呪文の後、俺が苦しむ演技をしながら地面に倒れ込む、というののだ。

比喩(ひゆ)表現でもなんでもなく、文字通り、字面(じづら)通りの意味で、俺の足元の地面が爆発した。

だが、俺が苦しむ演技をするよりも早く、俺の足元の地面が爆発(ばくはつ)した。

観客たちはいっせいに歓声を上げるが、俺の耳には爆発の残響(ざんきょう)がコダマしそれどころではない。俺は、演技なんかではなく、本気で爆風にあおられ地面に倒れ込んだ。

「な、なんだこの火薬の量！　一歩間違えれば死んでるぞ？」

そう言いながら新井の方を見ると、新井が返す。

「大丈夫！　ちゃんと計算してあるから私に任せて！　今はお客さんを楽しませることだけを考えて！　だから、ちゃんと最後は春雨ちゃんを爆散させて！」

俺は思う。こいつ、当初の目的を完全に忘れているな……と。

当然、春雨もこの爆発など聞いていなかったのだろう。自分の魔法の威力(いりょく)にあっけにとられていた春雨だったが、俺が無事なことがわかり観客たちの歓声が耳に届き始めると、どうやら少し調子に乗ってしまったらしい。台本に無いセリフをしゃべりだした。

「ど……どう？　これがアタシの殺戮(さつりく)魔法、マジカル皆殺しフレアよ！　ゴミナト……じゃなかった、仮面刑事の一人や二人、簡単に燃やす尽(つ)くしちゃうんだから！　そーれ！

もっと味わいなさい！　マジカル皆殺しフレア！　フレア！　フレアアア！」

技の名前を連呼しながら魔法のステッキを出鱈目に振る春雨。

すると、俺のすぐ目の前の地面が立て続けに爆発し、赤青黄色の色とりどりの煙が舞い上がる。俺はたまらずその場から転がり、爆風から逃れた。

新井の奴。春雨がこうして調子に乗るところまで計算に入れて火薬を用意していたのだろうか。

俺は、紙袋の内側からちらりとお客さんの反応を見る。

観客たちはこの大掛かりな爆発に、一部行政の方たちを除いては概ね心を奪われたようで、子どもたちはもちろんその保護者までもが、口に手を当てて魔法少女の魔法を応援している

しかし。しかし、だ。

やられっぱなしで終わるわけにはいかない。なぜなら、俺は今、ヒーローなのだから！

俺は、爆風にあおられるふりをして地面を転がりながら移動すると、たまたまたどり着いてしまったという感じで、舞台の中心で尻もちをつき、ただ呆然としていた紙山さんの下へとたどり着いた。

魔法少女春雨が叫ぶ。

「無様ねぇ……仮面刑事。アタシの魔法に手も足も出ないなんて……。そんなんだからアンタ、ゴミナトとかゴミミナトとか、ゴミとか呼ばれるのよ！　チョロチョロ逃げ回っているけどそれももう終わり……。そこの紙袋を被った女の子と一緒に亡き者にしてやるんだから！」

春雨は高らかに宣言すると、手に持った魔法のステッキを振りかぶり、俺たちに向かって振り下ろす。

「マジカル皆殺しフレアー！」

だが、今度は爆発など起こらなかった。春雨は何度も俺たちに向かってステッキを振り下ろす。だが、一向にマジカルなフレアなど出ない。

観客たちがざわざわしてきたところで、俺は満を持して立ち上がると紙山さんの手を取り、観客に向けて話し出した。

「……どうやら魔力が尽きたようだな……悪の魔法少女よ。周りを見てみろ。このお客さんたちの正義のパワーで、お前の魔力を打ち消したのだ。そうだな？　紙山さん」

呆然としていた紙山さんも、大汗をかきながら合わせてくれる。

「……え？　あの……えっと……はい……」

俺たちのセリフに、悔しそうな顔をしながら春雨が応える。

「……な……なんということなの……。この町の人たちのパワーがこんなに強いなんて……！　マ……マジカル皆殺しフレア！　フレア！　フレアアアアア！」

だが、マジカルなフレアはもう発射されない。

今度はこっちの番だ！

俺は三六〇度囲まれたお客さんの方をゆっくりとその場で回転しながら見渡すと、大きな声で叫んだ。

「見ての通り、悪の魔法少女の魔力は皆さんの正義の心で掻き消されました！　今度は俺が……俺たちが悪の魔法少女を倒す番です！　だけど、力が足りません！　だから皆さん！　今度は俺と……そして、この紙袋を被った女の子、紙山さんに正義のパワーを送ってください！　皆さんのパワーが集まれば、きっと町に平和が訪れます！」

俺の言葉を聞いた観客たちは、最初はどうすればいいのか分からない様子で周りを窺っていたが、ふいに観客の一人である子供が声を上げた。

「がんばれビッグマン！　紙山さーん！」

その言葉に合わせるように、観客たちは口々に、がんばれビッグマン！　紙山さん！　とコールをはじめ、いつしか一つの大きな渦となって俺たちを取り囲む。

コールに圧倒された春雨がたじろぐ。

「な……なんてことなの……。まさか……アタシはこんなところで……こんなところでやられるわけには！」

俺はそれに呼応するように、今までで一番大きな声を出す。

「ここまでだ魔法少女よ！　今ここにいるお客さんから、俺と紙山さんは正義の力を貰った！　俺は仮面刑事！　この町の平和を守る者！　常に堂々と戦う者だ！　これでも喰らえ――」

俺はそう言うと、隣にいる紙山さんの手を取り、高らかに掲げた。そして、春雨の方へと勢いよく振りかざしながら、アニメの仮面刑事の決め技の名前を叫ぶ。

「これでとどめだ！　仮面刑事ファイナルビッグバン！」

その瞬間。

春雨の足元から本日最大の爆発が起こる。七色の煙が辺りに立ち込め、さながら戦隊モノの特撮を目の前で見ているかのようだった。

やがて、夏の風が煙を流し、周囲の状況が確認できるようになると、今まで春雨がいた場所には黒こげになった魔法のステッキが一本、ポツンと落ちているだけだった。

まさかあいつ……本当に爆散したのか……？

俺が慌てていると、土埃に埋もれた春雨が泣きそうな顔をしながら地面からぬっと現れた。

「ゴホッ……ゴホッ……きょ……今日のところはこれで退散してあげゴホッ……あげるわ。でも、アタシはまたいつの日かこの町を貰いにゴホッ……貰いに来てやるんだから！　覚えておきなさいよね！」

よかった。爆散はしていなかったみたいだ。

春雨は台本の最後のセリフを咳き込みながらも律儀に言い終えると、泣きながら観客たちの間を縫ってこの舞台から退場した。

ありがとう春雨。恥ずかしさに負けず、あと新井に負けずよくやってくれた。アイツには今度必ずお礼をしないといけないな。

春雨が退場すると同時に、観客の中から大歓声が沸き起こった。子供たちも、保護者たちも、行政の人たちまでもが俺たちの寸劇に歓声を上げ、手を打ち鳴らしている。

こうして、俺たちの寸劇は幕を閉じる……わけにはいかなかった。

俺は、拍手が鳴りやむのを待ち、まだ手を握ったままの紙山さんの方を向くと、静かに、でも、しっかりと。今度は台本ではない、俺の言葉を口にした。

「これで、この町の平和は守られた。ありがとう、紙山さん」

紙山さんは答える。

「あの……えっと……うん、こちらこそ……？」

「実は、俺から紙山さんに言わなきゃいけないことがあるんだけど、聞いてくれるかな」

俺がそう言うと、紙山さんはコクリと紙袋を縦に振った。

いつしか観客たちは静かになり、俺たちの話に耳を傾けている。

俺は言う。

「昔、紙山さんが出会ったっていう男の子。ソイツは……昔の俺なんだ。小学校三年生の俺が、紙山さんに紙袋を託したんだ」

俺の言葉に、紙山さんは驚いた素振りを見せながら紙袋をコクリと小さく縦に振った。

俺は紙山さんに告白を続ける。

「だけど、俺はそんなことなんてすっかり忘れてた。合宿の夜、紙山さんから昔話を聞いた時まで。本当に、ゴメン」

俺が謝ると、紙山さんは両手を身体の前に出してぶんぶんと振りながら否定する。紙山さんの指先から飛び散った汗が、俺の被っている紙袋にかかる。

「そう……だったんだ。でも、ゴメンなんて全然だよ……。私の方こそ、あの男の子みたいに……ううん、小湊くんみたいに堂々となりたいなって思っていて……。でも出来なくって……。その……ごめんなさい……」

俺は、謝る紙山さんに続ける。

「だから今日。こうしてあの時の決着を付けた」

「決着……？」

「あの時、当時の俺が紙山さんに何て言ったか覚えてるか？」

俺が質問すると、紙山さんは少し考えながら、たどたどしく答えた。

「え……っと……。確か『お前も今日からビッグマンだ。お前は俺より背が高い。ビッグマンの素質がある。だから俺と一緒に町を守ろう！』だったかな……」

「うん、だから今日、俺は……いや、俺たちはこうして町を守った」

紙山さんの紙袋の中から、はっと息を飲む音が聞こえる。

俺は続ける。

「だから、こうして町を守った紙山さんに伝えたいことがある。それは……それ……は……」

俺が、そこから先の言葉をなかなか口にできないでいると、ふいに観客の中から声がする。それは一人の小さな女の子だった。

女の子は俺の方に向かって、がんばれビッグマン！　と言ってくれている。すると、それに呼応するかのように、数人の子供たちが続き、俺への声援(せいえん)はいつしか観客全員の歓声となっていった。

すっかり日も暮れた公園に、ビッグマンへの応援が鳴り響く。

俺は、みんなの応援を背に、勇気を振り絞って紙山さんに話し掛ける。セリフじゃない。台本じゃない。俺の本当の言葉。

「伝えたいこと……それは。あの頃の俺が託した紙袋。それは、たった今、この瞬間に、役目を果たしたんじゃないかな」

俺は、言い終わると、今まで自分の頭に被っていた紙袋を取る。

紙山さんは、ただじっと俺の言葉を聞いていた。

観客たちの声援もいつしか消え、すっかり夜になった公園は静寂に包まれていた。

静かな夜の公園で、大勢の観客たちに囲まれている俺たち二人。

紙山さんは今も体中から大汗をかき、俺の方へ紙袋を向けたまま何かを考えている様子だった。

言葉を発しようと大きな胸に手をあてて息を吸い込み、その手をぎゅっと握って言葉を探す。うまい言葉が見つからなかったのか、吸い込んだ息を震えるように吐き出しては、もう一度胸元に置いた手を握りしめる。自分の気持ちをカタチにしようとして、必死に言葉を探している紙山さんが、俺の目の前にいる。緊張と困惑とが、俺にも伝わってくる。

そんな紙山さんを見ながら、俺は思う。

やっぱり、ダメだったかな……。こんな作戦で紙袋が脱げるなら、紙山さんだって苦労してないんじゃないのか……？　むしろこんな大袈裟なことをしてしまって、紙山さんを追い詰めてしまったのかもしれない。もしかしたら、俺はとんでもないことをしてしまったのかも……。こんなこと、やらなければよかったのだろうか。

俺が後悔しかけたその時。

観客の輪の外側から、一際大きな歓声が上がる。

「紙山さん！」

声の主は――春雨だった。

俺や紙山さん、それに、観客の視線が春雨に集中する。

ボロボロの魔法少女のコスチュームもそのままに、顔についた泥も落とさず俺たちの動向を見守っていたんだろう。

春雨は、尚も声を張り上げる。

「アタシ……小湊から全部聞いたの！　紙山さんのことも、小湊のことも……。昔、二人に何があったのかを……。それでアタシも……アタシも何か出来ることがあるならしてあげたいって思って……。ううん……してあげたいじゃないわ……！　アタシがしたいの！

したかったの！　だって……だってアタシたち……」

　春雨はここまで言うといったん言葉を止め、そして大きく息を吸い込むと、ほんの一瞬だけためらった後で顔を真っ赤にして叫んだ。

「だってアタシたち……ともだちじゃない！」

　そしてもう一人。

「私だって……私だってともだちだよ！　紙山さんだって春雨ちゃんだって、それに、小湊くんだってみんな大事なともだち！　だから……がんばれ、紙山さん！」

　今度は新井だ。

　すると、今度は大勢の観客たちから、がんばれ紙山さん！　というコールが沸き起こったのだ。

　これが果たして、新井の言っていた『観客を楽しませる為に舞台装置は重要よ？』の効果だったかどうかは俺には分からない。だけど、観客たちは紙山さんへ精一杯の声援を送っている。

　声援を受けた紙山さんは、最初はおろおろと辺りを見回したり、体から俺が見たこともないような大量の汗をかいては地面に小さな水たまりまで作ったりしていたのだけど、やがて、ひとつ大きく息を吐くと、意を決したように話し出した。

「あ……あのね……小湊くん。それに、新井さんや春雨ちゃんも……。今日は私の為にこんなことまでしてくれてありがとう、本当にうれしいな」

俺は黙って頷いた。

観客たちも、紙山さんの言葉を聞こうと、さっきまで上げていた歓声を止め、静かに彼女の言葉を待っている。

紙山さんは続ける。

「私……私ね……。今までずっと、あの男の子みたいに……昔の小湊くんみたいになりたいなって思ってたの……。だから今日もこうして紙袋を被って……」

俺はもう一度黙って頷く。

「でもね、そうしたら今度は紙袋を被っているのが当たり前になって……。被らないと恥ずかしくって……。そのうちに……全部諦めるようになっちゃったんだ」

夜の公園。俺と新井と春雨と。それに大勢の町の人に囲まれて、紙山さんは尚も言葉を紡ぐ。

「友達とか、部活とか、放課後のおしゃべりとか……。そういうの全部諦めちゃって……。でも、新井さんや春雨ちゃん……それに、小湊くんに出会って……今まで諦めていたものを全部経験出来たんだよ……。だから……だからね、本当にこの数か月間楽しかったんだ。

こんな私でもちゃんと友達出来たなぁって。ちゃんと部活出来たなぁって。とっても嬉しかったんだ。だから、もう……こんなこと言ったら怒られちゃうかもだけど、このまま……紙袋を被ったままでもいいかなって……思ってたの……」

俺はもう一度、今度は深く頷いて見せた。

「ねぇ小湊くん……。私……みんなとちゃんと上手にお話し出来てたかな？　ちゃんと楽しく遊べてたかな？」

俺は、今度は頷かず、紙山さんの紙袋に開いた穴から覗く瞳を真っ直ぐに見つめながら、少しだけ微笑んだ。

紙山さんの瞳に涙が溜まっているのが見える。

透明な、綺麗な色の涙だった。

俺は、そんな紙山さんに、合宿の時に飲み込んでしまった言葉を告げる。今度は恥ずかしがらずに。

「なぁ、紙山さん。会話の上手い下手ってなんだと思う？　確かに紙山さんは異常な恥ずかしがり屋だ。話し掛けられれば大汗をかくし、部活見学に行けば部員にトラウマを植え付ける。紙袋を被って登校してきたり、俺を公園まで拉致したりとか。だけど、紙山さんは紙山さんなりに、口下手でも体全体で感情を表現しているんだと思う。確かに、会話はまだまだ上手とは言えないかもしれないけど、言葉なんて伝達手段の一つでしかないじゃないか。たとえ、言葉で上手く伝えることが出来なくたって、こうしてみんなで一緒に過ごしていれば、紙山さんからは色々な感情が伝わってくる。俺は、ずっとそう思ってきたよ。新井や春雨だってきっとそうだ。だからその紙袋を……」

紙袋を取ろう――そう言いかけた口を、俺は慌てて片手で押さえた。

そんな俺を見て、新井や春雨は小首をかしげている。

紙山さんは今日、この思い出の公園で俺たちの寸劇に背中を押された。観客たちの声援に背中を押された。最後に俺の言葉があれば、紙山さんは紙袋を取れるかもしれない。この大観衆の中で素顔を晒せるかもしれない。

だけど、本当にそれでいいのか？　本当にそれで解決するのか？

……いや、よくない。

俺は気付いたんだ。これじゃあまた、昔の紙山さんと同じじゃないかということを。もしこのまま紙袋を取ったとしても、俺という他人から言われたことを、自分の意思なくやっているだけじゃないか。

なら、俺がここで紙山さんに伝えるべきことは――

俺は、ひとつ大きく咳払いをすると改めて口を開き、ゆっくりと、そして堂々と、紙山さんに話し掛けた。

「……でもね、紙山さん。ここまで言ったけど、俺は別に紙山さんが紙袋を取ったとしても、被っていても、そんなことはどっちだっていいんだ」

俺の言葉に、紙山さんは紙袋を傾げた。

「それって……どういう意味？」

「そのままの意味だよ。紙袋を被っていても、被っていなくても、紙山さんは紙山さんだ。俺たちの関係性は何も変わらない。それに、その紙袋はもう役割を果たした。だから、俺にはその紙袋が透けて見えてるよ。現に今だって」

俺は、そこまで言うと紙山さんの側に歩み寄り、俺よりも頭一つ分大きい紙山さんを見上げる。

紙袋の向こうにある紙山さんの泣き笑いのような顔が、俺にははっきりと見えた。

「今だって、紙山さんは泣いてるような、笑ってるような。何とも言えない顔してるだろ？

俺にはちゃんと見えてるよ」

俺はそう言うと、にっこりと笑ってみせた。

「な……なに言ってるの……？　そんなことあるわけ……ない……よ……」

「ほら、今度は驚いた顔になった」

俺がそう言うと、紙山さんは目に涙をいっぱい溜めた顔で、にっこりと笑ったんだ。

紙山さんの笑顔が観客たちにも伝わったのか、最初は小さな、でも、すぐに大きな拍手となって俺たちを包んだ。

俺たちは拍手の中でしばらくお互（たが）いに笑いあった。

今、俺の目の前には紙山さんの紙袋がある。茶色のいつもの紙袋。

紙山さんの紙袋の中には、とびきり最高の笑顔があった。

■ 紙山さんと

「――と、もうこんな時間か。そろそろ今日の部活も終わりにするか」

夕暮れの部室に下校時刻を告げるチャイムが鳴った。

俺は教壇から下りるとひとつ大きく伸びをする。

秋の夕日差し込むここ会話部の部室にはいつものメンバー。新井に、春雨に。それに、紙山さん。

二学期になって一週間が過ぎた今も、俺たち四人はこれまでと変わらず会話の練習にいそしんでいた。

今までと変わらない部室に、変わらない部員。これまで通りの日常だった。

俺が自分のカバンを置いてある机に近付こうとすると、新井が席からすっと立ち上がる。

「あ、小湊くん。私、今日はちょっと用事があるから先に帰るね」

新井はそう言うと、俺が声を掛ける間もなく足早に部室を出て行ってしまった。

「そ、そ、それでね、あーちゃん！　今日は実はたまたま偶然、アタシも用事があるのよ！

ちょっと付き合ってくれない？　えー？　もう、一緒に行こうよ！　決まりね！　それじゃ、そういうことだからアタシも先に帰るからね！　すぐ帰るから！　ホントよ？　ホントだからね！　それじゃ、また明日ね」

今度は春雨だ。

春雨はいつも一緒に引き連れている魔法少女あーちゃんさんの等身大パネルの手を引くと、こっちの返事も聞かず、そそくさと部室から出て行ってしまった。

二人とも、そろいもそろってどうしたんだろう。

下校のチャイムが鳴ってものの数分。オレンジ色の部室に、俺と紙山さんのふたりだけが残された。

「まったく、どうしたんだろう春雨のやつ……。なんか変じゃなかったか？　まぁ、アイツが変なのは今に始まった話じゃないか。新井も何か用事があるみたいだし」

俺は、席に座ったままの紙山さんに声を掛けた。

「あ……ああああの……その……」

もじもじしながら答える紙山さん。

俺は紙山さんの方を見る。

そこには、これまでと何も変わらない紙山さんの姿があった。

頭には茶色の紙袋を被り、正面の千切り取られたような穴から俺の方を上目遣いで見ている。

あの日。

俺たちが公園に集まり、悪の魔法少女春雨を二人の仮面刑事が打ち倒した日。

紙山さんは『少し、考えてみるね』と言って公園を後にした。

学校が始まり、部活が始まった今に至っても、紙山さんはこうして紙袋を被ったまま登校し、紙袋を被ったまま部活に参加している。

今までと何も変わらずに。

彼女の中であの日の結論がどうなったのか、俺からは敢えて確認していない。

俺たちは、やれるだけのことはやった。後は紙山さんの問題だと思ったからだ。

だから俺は紙山さんと今までと同じように接していた。

「二人になっちゃったけど、まぁ一緒に帰るか。あ、それかどこかに寄って――」

俺が寄り道を提案しようとしたその言葉を、紙山さんが珍しく遮る。

「あ……あああああの……！　あのね！　今日は、私……小湊くんに話があって……」

「話？　俺に？」

俺が自分を指差すと、紙山さんはこくりと茶色い紙袋を縦に振った。

「あの日はどうもありがとう……。あれからね……ずっと考えてたんだけど、やっと答えが出せたんだ……。だから、今日は小湊くんに聞いて欲しくって……。小湊くんと二人きりにしてもらえるように二人に頼んでおいたんだ……」

なるほどな。さっきの新井や春雨はそういうことだったのか。

そう言って立ち上がった紙山さんの言葉は、微かに震えていた。

頭に被った紙袋はじっとりと濡れ、今も制服のスカートの裾からは汗がぽたぽたと床に滴っている。

大きな身体に力を入れて固くし、両手を横でぎゅっと握りしめる紙山さん。

見ている俺にまで緊張が伝わってくるようだった。

「あ……ああ、それで、答えは出た？」

俺の言葉を受けた紙山さんはもう一度両手をぎゅっと握ると紙袋をこちらに向け、教室の窓を背にして話しだした。

「あの日、春雨ちゃんや新井さんに……それに、小湊くんに勇気をもらって……。だから、この紙袋を取ってみようかなって思ってるんだ……。いつかは取らなきゃだもんね……私もがんばらなきゃだもんね……。でもね……一度はそう決めたんだけど、最初の一歩が踏み出せなくって……。いきなりみんなの前で紙袋を取る勇気が出なくって……だから――」

そう言うと紙山さんはひとつ息を吸い込み、ふーっと吐き出す。

「――だから、最初は小湊くんの前でこの紙袋を取ってみたいなって思ってるの……。小湊くんに見てもらって、それで自信がついたら普段も取ってみようかな……って。だから……。だから、今から……私がこの袋を脱ぐところ……見てくれる……かな？」

そっか。紙山さんは決めたんだ。

それなら、俺はそれに応えないといけない。いや、応えたい。

そんな紙山さんに何かを言わなければいけない。そう思い慌てて言葉を探し、そこで初めて、俺自身もまた緊張しているということに気が付いた。

心臓の鼓動が急激に速度を速めていく。

俺は、乾いた口を湿らせようとごくりと唾を飲み込む。

「分かった。今から紙山さんの顔、見せてくれないかな」

夕日を背にした紙山さんの正面に立つと、俺はじっと彼女を待った。

窓の外からは下校中の生徒たちの声。

紙山さんの背中の窓から差し込む夕日。

ぽたぽたと床に落ちる水滴の速度。

時計の針。

教室の匂い。

そのどれもが、やがて俺には届かなくなる。まるで、世界には俺と紙山さんの二人だけしかいないんじゃないかとでも思うような。そんな感覚にとらわれた。

紙山さんは意を決したように長い腕をゆっくりと動かすと、紙袋の裾を掴み、そこで動きを止めた。

実際には数分だったかもしれないけど、俺にはとても長く感じられた。

紙山さんの腕が、両手が、白い指が、小刻みに震えている。

やがて、紙山さんの震える手がピクリと動いたかと思うと、紙袋をゆっくり上に引き上げた。

ゆっくりと持ち上がる紙袋。茶色の紙袋の中から、紙山さんの口元が姿を現した。

ぎゅっと結んだ唇に、紙袋からぽたりと一滴、汗が落ちる。

そして、紙山さんは口元だけを出したままの格好で一旦止まると、意を決したように紙袋を一気に脱いだ。

俺の目に――素顔の紙山さんが映る。

恥ずかしさに耐えるようにキュッと結んだ唇に、紅潮した頬。

しっとりとしたきれいな黒髪からは大粒の汗が零れ落ち、部室の床に染みをつくる。

身長の割に幼さの残る顔には、その顔いっぱいに恥ずかしいと書いてあるような……いや、顔だけじゃない。紙山さんの全身が、恥ずかしいと叫んでいるようだった。

何処を見たらいいか分からないかのように床の辺りをさまよっていた瞳が、ふいに俺の方を向いた。

結んでいた唇が動く。

「久しぶり……なのかな。それとも、初めまして……なのかな」

紙山さんはそこで一度言葉を区切ると、照れ笑いを浮かべながらこう言った。

「こんな私ですが……これからもよろしくお願いします、小湊くん」

紙山さんは俺に向かって嬉しそうに礼を言うと、こちらに右手を差し出し握手を求めた。

「ああ、こちらこそよろしく、紙山さん」

俺は紙山さんの手を握り返した。柔らかく、そして汗で濡れた感触が伝わってくる。

手と手が触れた瞬間。紙山さんは一瞬びくんとしたが直ぐに俺の手をきゅっと握ると、恥ずかしそうな。照れくさそうな。そして——とっても嬉しそうな顔で笑ったんだ。

紙山さんの顔を見ながら思う。

あの日、俺が公園で見た笑顔と同じだな、と。

放課後。オレンジ色の部室で俺たちは、互いに手を握ったまま笑いあった。

――だが。

「あー……紙山さん……。そろそろ手を離してもいいんじゃないかな……？」

手を握ったまま、かれこれ数分は経っていた。

すると、紙山さんは顔を真っ赤にしながらこう言った。

「ごごごごごめんなさい。あの……あの……。き……緊張しすぎて、手の動かし方を忘れてしまいましマシましました……！」

改めて紙山さんの手の感触を確認すると、さっきまで柔らかかった紙山さんの手が、今やまるで金属か何かのようにガッチガチに固まり俺の手をしっかりとホールドしている。

本人も右手に力を入れ何とか手を離そうとしているみたいなのだが、完全に固まってしまった手は動いてくれないようだった。

試しに左手で紙山さんの指を掴み剥がそうとしてみたが、やはりピクリとも動かない。

「どうしようか……」

「どうしましょうか……」

二人で困っていると、部室の外。廊下の方から小さく声が聞こえてきた。

「あら、そろそろ下校時間よー……あれ？　この教室にはまだ誰かいるの？」

廊下の声の主はそう言い終わらないうちに、俺たちがいるこの部室のドアを開けた。開かれたドアから現れたのは、放課後の見回り中だと思われる担任の教師だった。

その瞬間。

さっきまで固かった紙山さんの手がぱっと開いた。

紙山さんは物凄い速度でドアの方へ背を向けると、流れるような動作でポケットから紙袋を取り出し頭に被った。振り返った拍子に飛び散った汗が俺の顔にかかる。

そして、慣れた手つきで目の部分を手で千切り取ると、ドアの方へと向き直った。

「あら、まだいたの。もう下校時間だから早く帰りなさいね」

担任の教師はそう言うと、ドアをガラガラと閉めて行ってしまった。

紙山さんが紙袋の中から震えた声を出す。

「あの……あの……。他の人の前では、まだ恥ずかしくってつい反射的に……」

そんな紙山さんが、俺はなんだかおかしくって、可愛くって。俺は思わず笑ってしまった。

「あはは、別にいいって。おかげで握手も取れたしさ。そのうちきっと、みんなの前でも取れるようになるって。ゆっくりやろう、ゆっくり。な？」

「……う、うん。ありがと……小湊くん……。いつか……いつかちゃんと、いつでも紙袋を取れるようになるから。だからその時まで、付き合ってくれる……？」

俺は、返事の代わりに笑顔で頷いた。

「まー……それじゃ、帰るか。そうだ、紙山さんが紙袋を取れた記念にどこか寄ってくか。今日は二人だし俺が奢るよ、アイツらには内緒な」

俺はそう言って自分のカバンを持つと、教室のドアに向かって歩き出した。

背中から紙山さんの声がする。

「あ……待って。あの……実はね、新井さんと春雨ちゃんにも見ててもらいたくってね……だから……あの……その……」

「うん？　何か言ったか？」

俺は紙山さんの言葉を待たずに教室の外へと足を踏み出した。

そこには。二つ分の人影と、魔法少女のパネルが一枚あったんだけど、今の俺にはまだ見えてはいな

この後、俺は四つのクレープを買う羽目になるんだけど、まぁ、こんな学校生活も悪くないよな。多分。

あとがきにかえて

「おはよう、小湊くん」

とある春の日の朝。

登校中、俺の背中に声を掛けたのは新井だった。きちんと着こなされた制服に身を包み、今日もにこにことした笑顔でこちらへ微笑みかけてくる。

「おはよ、新井」

俺が新井に挨拶を返すと、新井は俺の隣に並んで歩く。今日も笑顔だけは素敵だ。

「お……おおおおは！　おは！　おは！　おはよ……小湊くん……！」

抑揚のおかしな声のした方を向くと、そこには紙山さんがいた。

今日も頭に紙袋を被り、制服をじっとりと湿らせている。スカートの裾からぽたりと垂れた水滴がひとつぶ、通学路のアスファルトを湿らせた。

紙山さんはぎこちない小走りで俺たちの元へと駆け寄ってきた。

「おはよ、紙山さん」

俺が紙山さんに挨拶を返すと、紙山さんは俺と新井の隣に並んで歩く。

俺への挨拶、きっとこれでも精一杯がんばったんだろう。

昨日よりひとつ、おが少なかった気がするしな。多分な……。

学校までの道のりを大勢の生徒たちに混ざり俺たち三人が並んで歩いていると、ふいに、後ろから聞き覚えのある声が耳に飛び込んできた。

「そういえばあーちゃん。今日の宿題やった？　実はね、お願いがあるんだけど……」

声のした方へ振り返ると、そこには、ちょっと困った顔の春雨がいた。いつものチェックのスカートをこれでもかと短くし、これまたいつものピンクのカーディガンをふわっと羽織っている。

「ねぇねぇ。あーちゃん英語得意だったでしょ？　アタシ、宿題忘れちゃって。ちょっと見せてもらってもいい？　お願い！」

なんだ、アイツも後ろにいたのか。俺が春雨に声を掛けようとした時。俺よりも早く、春雨の隣を歩いていた女生徒が、柔らかな口調で返事をした。

「もー……はるちゃんはいつもそうやってわたしを頼るんだからー……。ダメだよー、自分でやらないとー」

「そうよね……やっぱり宿題は自分でやらなきゃダメよね。あ、じゃあ、教室着いたら教えてよ。アタシ……英語苦手でさっぱり分からなくって」

「もー……またそう言って結局全部見るつもり……あー、みんなだー、おはよー」

春雨の隣にいた女生徒は俺たちに気が付くと、こちらへ向かって手を振った。

「おはよ。春雨、あーちゃん」

俺が挨拶を返すと、二人は俺たちの隣に並んで歩く。今日も仲が良さそうで何より。

「おはよう、春雨ちゃんにあーちゃん。今日も部活楽しみだねー」

と、笑顔の新井。

「おおおおはよ……、春雨ちゃん、あーちゃん。部活、がんばろうね……！」

と、多分笑顔の紙山さん。

会話部のみんなが揃った丁度その時。

遠くの方から始業開始の五分前を告げるチャイムの音が聞こえてきた。

「お、急がないと遅刻するぞ」

俺はみんなに声を掛けると学校へと急ぐ。

今日も部活かぁ……。ま、早く帰っても特にやることもなし。適当にがんばるか！

と、いう事で本物のあとがきです。

色々と相談に乗っていただいた編集のK様。
素敵なイラストを提供していただいたｎｅｒｏｐａｓｏ様。
この本に係わっていただいた関係者のみなさま。
そして、この本を手に取っていただいた方へ。
本当にありがとうございます。
またお目にかかれる日を楽しみに。それでは！

江ノ島アビス

HJ文庫 http://www.hobbyjapan.co.jp/hjbunko/
885

紙山さんの紙袋の中には 1

2020年7月1日　初版発行

著者——江ノ島アビス

発行者—松下大介
発行所—株式会社ホビージャパン

〒151-0053
東京都渋谷区代々木2-15-8
電話　03(5304)7604（編集）
　　　03(5304)9112（営業）

印刷所——大日本印刷株式会社

装丁——BELL'S GRAPHICS／株式会社エストール

Printed in Japan

ISBN978-4-7986-2123-4　C0193

夢見る男子は現実主義者 1

著者／おけまる
イラスト／さばみぞれ

フラれたはずなのに好意ダダ漏れ!? 両片思いに悶絶！

同クラスの美少女・愛華に告白するも、バッサリ断られた渉。それでもアプローチを続け、二人で居るのが当たり前になったある日、彼はふと我に返る。「あんな高嶺の花と俺じゃ釣り合わなくね…？」現実を見て距離を取る渉の反応に、焦る愛華の好意はダダ漏れ!? すれ違いラブコメ、開幕！

矛盾が神を殺すまで 1
～その矛は世界を穿ち、その盾は神々を砕く～

著者／橘 九位
イラスト／卵の黄身

矛盾激突!!　反逆の物語はここから始まる!!

絶対貫通の矛と絶対防御の盾。矛盾する二つの至宝が、何の因果か同じ時代に揃った。それぞれの使い手、矛の騎士ミシェルと盾の騎士ザックは、自らの最強を証明するため激突する!!　そして二人は、知られざる世界の裏側を見る——。矛盾する二人の反逆の物語、堂々開幕!!